生活在唐朝里

怎样的体验

白居易 白居易 元稹 张籍 李白 韩愈
贾岛 刘禹锡 段成式 杜牧

元稹 张籍 李白 韩愈

成式 杜牧 贾岛 刘禹锡
维 张籍

成式 杜牧 王维 张籍

窥探十位傲娇唐人

解晓十种拉风生活

贾岛 崇鸣安

白居易 韩愈

居易 元稹 张籍 李白 韩愈 贾岛 刘禹锡

成式 杜牧 王维

唐代詩人在長安

宗鸣安 著

西安出版社

图书在版编目（CIP）数据

唐代诗人在长安 / 宗鸣安著. — 西安 ：西安出版社, 2020.4（2021.7重印）
ISBN 978-7-5541-4559-3

Ⅰ. ①唐… Ⅱ. ①宗… Ⅲ. ①唐诗 - 鉴赏②长安(历史地名) - 文化史 Ⅳ. ①I207.227.42②K294.11

中国版本图书馆CIP数据核字(2020)第056076号

唐代诗人在长安
TANGDAI SHIREN ZAI CHANG'AN

出 版 人： 屈炳耀
著　　者： 宗鸣安
责任编辑： 李　丹
责任校对： 曹改层
装帧设计： 邵　婷
出版发行： 西安出版社
地　　址： 西安市曲江新区雁南五路1868号影视演艺大厦11层
电　　话： (029) 85253740
邮政编码： 710061
印　　刷： 三河市明华印务有限公司
开　　本： 787mm×1092mm　1/16
印　　张： 17.5
字　　数： 150千字
版　　次： 2020年4月第1版
印　　次： 2021年7月第2次印刷
书　　号： ISBN 978-7-5541-4559-3
定　　价： 40.00元

历史本来就是生活 代序

过去一听到人讲汉代如何如何，唐代如何如何，总觉得那是与我们今人相隔十万八千里的事情，总觉得与我们的思想有些隔膜，与我们的生活有些脱节。尤其是生活在长安城辈辈相衍的人们，是看着恢宏的汉京未央宫变成麦地，高大的唐都皇城颓废成土台的。所以，给现在的人讲历史，讲唐诗，说什么反映现实，说什么象征政治，恐怕很难撩动现代人的情绪。这并不是说现代人就冷漠，现代人就无视历史，而是因为，随着社会的发展与变化，人们的眼光也在发生变化。现代的人们，在试图寻求用另一个角度去观察历史事件，去了解历史人物，希望得到一个活生生的、一个正常人能够理解的历史。

近几年来，当我细细地读罢白居易、李白、韩愈、刘禹锡、王维等十位唐代诗人的全部诗作后，当我写完这十位《唐代诗人在长安》的故事后，我似乎渐渐地感到：如果从日常生活上来看，如果从民风民俗上来看，过去的历史并不都是那么冷冷无趣，唐代的人物也并不是那么的遥不可及。李白醉来不肯上船的地方，就是现在西安东关南街的古迹岭下。白居易骑着瘦马，横穿长安城去访诗友时所吟："迢迢青槐街，相去八九坊。"那些"青槐"至今仍存活、繁衍在现在西安城的大街小巷。韩愈当年靖安里的府第，就在今天南二环外小寨十字的东北角。高大的楼房，喧嚣的汽车，早已掩盖了韩府里的绿树与读书声。但如果你在夜深人静之时，漫步在小寨周边的深巷里，韩愈家那著名的牡丹花的味道，也许会若有若无地飘飘而来。冬天了，唐朝皇帝赐给刘禹锡几盒"口脂""面脂"，就是今天的抹唇膏、搽脸油，刘禹锡写文称赞这搽脸油"膏凝雪莹，含液藤芳"。后来，这些"口脂""面脂"的配方就制成了今天人们熟悉的"雪花膏"了。王维才好呢，虽说不是南方人，却有着南方人的饮食爱好，"江乡鲭鲊不寄来，秦人汤饼那堪许"。唐时所说的"汤饼"就似今天的托托馍。想象一下：王维坐在曲江池边，啃着托托馍，喝着陕青茶，遥望南方等着寄来的鱼鲊，那是多么生动的场面呵。

读唐代的诗，说唐代的事，为什么时不时地就会联想到现代人的生活呢？那是因为唐代诗人也是和我们一样，要工作、要会友、要吃喝、要游玩……从这些生活、习俗场景中，我们了解了唐代诗人，了解了唐代诗人在长安的种种生活。本来嘛，没有生活的历史叫什么历史，只有在生活细节中我们才能真正体会到历史的真实。这也就是我写《唐代诗人在长安》的初衷和目的。

我觉得，本书还有一个价值之处就是：本人在书中插进了二十几张老照片，这些照片都拍摄于民国年间，而且是首次公开。那时，长安城还很旧，还能看到不少老气儿的景象。读着唐代诗人在长安的故事，看着与今日西安城景色大不相同的照片，相信您对西安的历史一定会有不少遐想和体会吧。

宗鸣安

庚子年春三月

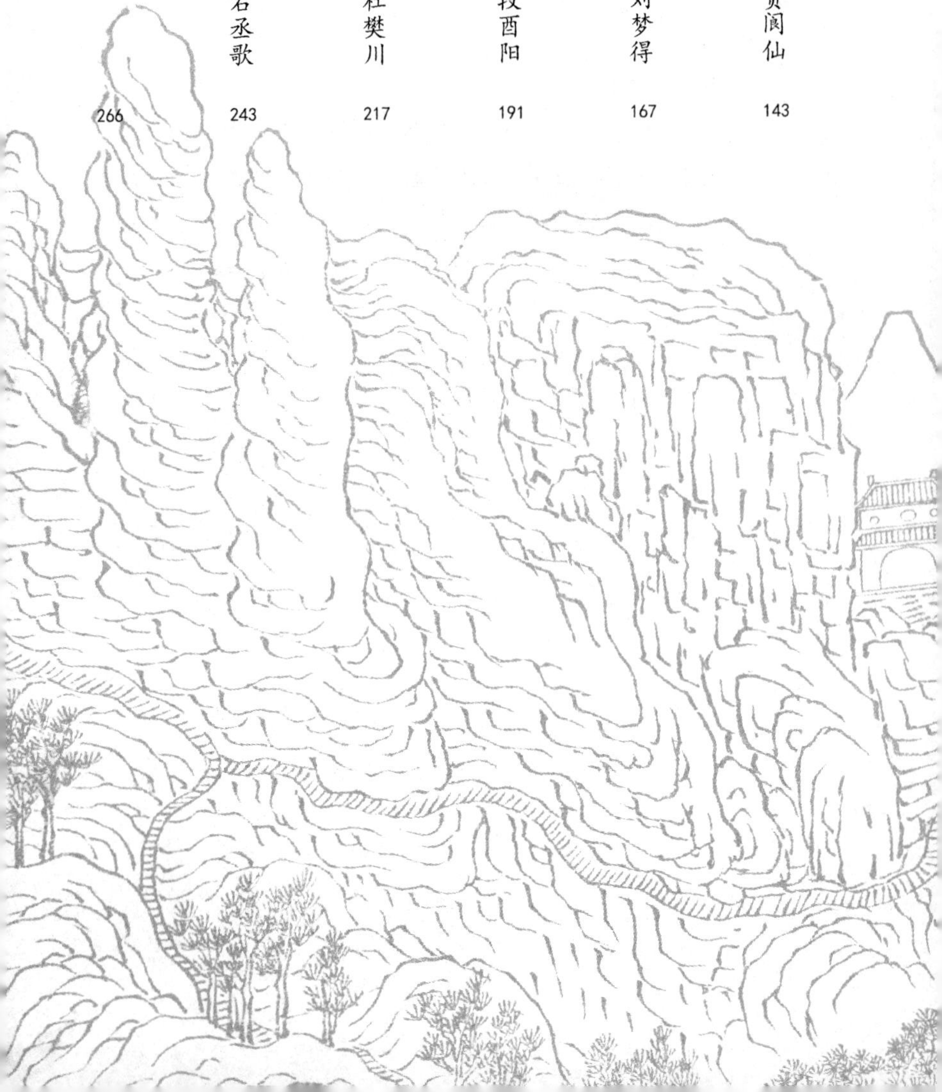

目录

诗兴漫洒长安道

歌吟人情白乐天

第一个要写的唐代诗人是白乐天，这固然是因为白乐天的地位在唐代诗人中甚高，年岁也较大，更是因为白乐天旧时居住的宅第距我现在的住所仅二里之路，虽然时隔一千二百多年，但总觉得还是有些乡谊的意思。而且正好我的案头有一部白乐天的诗集 ——《白氏长庆集》，翻阅数遍，脑子里便显影出了他的许多形象和举止来，随读随记，也就完成了这篇文字，故且就充作此书的第一章吧。

白乐天即白居易，字乐天，高祖是山西太原人，而他的祖上居住在陕西省渭南市东北五十里处的下邽县，因此，也可称白乐天为陕西下邽人。

按照中国人的礼仪惯例，特别是文化界里的人，一般是不能直呼姓名的，过去多以字相称，现代人姓名中多无字，为了尊重也就只能李先生、张先生地这样称呼。当代的人，知道白乐天的不多，而因为有《长恨歌》《琵琶行》《离离原上草》等诗篇，知道唐代有个诗人叫白居易的却不少。为了读者看着明白，这里就只好改口，得罪前辈，直呼白乐天的本名白居易吧。

白居易生活在中晚唐时期，出生于唐代宗大历七年（772年），去世于唐武宗会昌六年（846年），享年七十五岁，这在一千多年前的唐代可谓是高寿了。白居易在十六七岁时就来到长安城参加科举考试。在唐代，乡试中举就可以称为中进士了，但要进京参加了朝廷专门的考试才能得到官职，称为登第。那时，白居易虽然已经撰写了许多诗作，但是因为没有名气，也没有职位，所以影响力也就不大。白居易深知要想提高自己的水平，得到社会的认可，必须要去寻名师、访高友。有了师承和体系，就有了在社会上生活、工作的人脉资源。

于是白居易来到了进士出身的著作郎顾况的宅第。顾况是浙江海宁人，文章写得好，诗词也很有才情，在当时的长安城中有一定的影响力。但是，顾况恃才孤傲，很少赞许推崇同辈们的诗文。白居易听说过顾况的为人与性格，但人家是长安城中的名人呵，到了长安城就不能不去拜访。这天，白居易还是在怀中揣上了一卷自己的诗文，诚惶诚恐地敲开了顾况位于长安城宣平坊的大门。宣平坊也称宣平里，位于今天西安城南郊祭台村以南，鲁家村以东至铁路新村之间的区域。宣平坊属于乐游原的西端，自然景色优美，过去的长安城没有多少高大的建筑，特别是城南一带，地势高，眼界也就开阔。在这里，既能仰观高耸的大雁塔，又能远眺苍翠的终南山。所以宣平坊内居住了不少官宦人家，比如宗正卿李琇、尚书左仆射严绶、太子少师郑朗、著作郎顾况等。

顾况宅第的景色是很有些特色的呢！首先，围着院子有一圈高大的树木护卫，槐树、松树、冷杉，四季绿荫，宽大的三进院子里面点缀有清雅疏朗的翠竹，花园内有四时不败的花草。有人要问几千年前唐朝的宅院有那么宽敞，房子有那么高大吗？我可以毫不迟疑地回答，从现在出土的建筑构件以及遗址的地基布局来看，唐代长安城大户人家的宅第比你想象的要高大许多。白居易的诗集中有不少诗作都记叙了长安城中大宅院的情况，其中有一首《伤宅》是这样描绘的："谁家起甲第，朱门大道边。丰屋中栉比，高墙外回环。累累六七堂，栋宇相连延。一堂费百万，郁郁起青烟。洞房温且清，寒暑不能干。高堂虚且回，坐卧见南山……"有诗为证，也不能算我太腻古人了。

白居易到长安时也曾住在宣平坊（里），多少有些邻人的面子吧，顾况还是在高大的上房客厅里接待了白居易。顾况接过白居易递上的诗札一看，署名是"白居易"，这位爱戏谑、爱刺讽的顾况话就来了："人们都说长安百物皆贵，居大不易，你这名字叫居易，看来能耐不小！"顾况板着他那张脸，没有多少表情，一边翻看着白居易的诗作，一边嘴里"哼、哼、哼"地说着啥。当他看到白居易"离离原上草，一岁一枯荣，野火烧不尽，春风吹又生"的五言诗时，容颜忽变，脸上立刻堆起了笑容，并十分客气地对白居易说："刚才那是开玩笑的话，你也不要在意，哎呀，有你这诗句，安居天下都不难，就别说是易居长安了。来来来！坐坐坐！"

没过几年，也就是唐德宗贞元十六年（800年），白居易登第中了进士，被授予秘书省下的校书郎。有了正式职业，有了俸禄，白居易也就给自己重新买了座院子，搬迁到宣平坊东边一街之隔的新昌坊。

唐代的新昌坊在今天西安城东南郊铁路新村东至铁炉庙村一带。

我们现在所能看到的唐长安城规模、制度都是宋代以后所绘制的，宋代宋敏求的《长安志》、明清递修的《咸宁县志》、清代徐松著的《唐两京城坊考》、清代毕秋帆的《关中胜迹图志》以及清末日本人足立喜六所作的《长安史迹考》（杨錬，译，商务印书馆，1935年），这些史书中所绘制的长安城地图基本上都是方方正正的，各坊里都是用方块来表示的，没有测量，没有数据，更没有坊里内部街巷道路、房屋建筑的布局。这当然是由历史条件与地理知识限制所造成的，现代也有人新绘制了唐长安城的地图，但只是依据了宋以后县志上的图形而已，并没有结合新的考古资料，所以，只能说这种地图是唐长安城的一个大概格局。实际上，皇宫大内以外居民生活的区域虽分为许多街坊，但这些街坊之间，坊里内部各院落之间也都是由大小道路相连的。不是每座院子都是一亩三分地，这些院落肯定有大有小，有长有短，这样，街坊内就会形成许多小路，许多斜街，如果现在能展现出这样的唐代长安城街区，那才会有情趣，才有人味儿呢。我们现在所能看到的清末、民国时期的西安城区地图，就比宋代、清代县志上的地图具体得多，有意思得多，心灵有了共鸣，有了联想，感染力也就能够增强。

好吧，还是说白居易吧。白居易自唐贞元五年（789年）开始来到长安城，至唐元和十年（815年）被贬江州司马，前后竟有二十六年时间生活在长安城中，这期间，虽有几年调去周至县当县尉，但那里仍然属于京兆长安所辖。因此，白居易的诗作里描写长安城的占有很大的比例。正如前辈学者所言，读白居易的诗，就像打开一本地理书，线路、地名、景色、历史，全部展现在读者的面前，今天的读者再读白居易的诗，同样能够从中了解到唐代长安城的种种生活状况。

白居易在长安城中有不少挚友，张籍就是其中一位。张籍，字文昌，安徽和县人，唐代诗人韩愈的大弟子，也是以诗闻名于当时的才子。张籍于唐贞元十五年（799年）登进士，后任太常寺太祝，也就是负责文化教育之类的官员。张籍在太祝任上待了十年，其间患上了严重的眼病，可以说几乎看不清眼前的东西了，就在这种情况下，白居易被撤职赋闲在家的几年时间里，他还是常去看望白居易，饮酒谈心，切磋诗文。这使得白居易很是感动。当时白居易是住在长安城东南角的安邑里，就在现今西安市南二环东段以南、青龙寺路以北的地带。而张籍则是住在长安城西南的延康里，差不多就是今天太白北路以西白庄东村与西村一带。那时候，交通工具不甚发达，从长安城西头的延康里到东头的安邑里近二十多里路程，就是骑着马，骑着驴，也得两三个小时才能走到呢。再加上长安城春夏间少雨，经常是黄土飞扬，在大街上走上半个时辰必定是要灰头土脸的。就是这样的条件，也挡不住朋友之间的友谊往来。白居易在《酬张十八访宿见赠》诗中言道："长安久无雨，日赤风昏昏。怜君将病眼，为我犯埃尘。远从延康里，来访曲江滨。所重君子道，不独愧相亲。"张十八就是张籍。古人一般以家族同辈中的排序来代称姓名，一是为尊重朋友讳称姓名，二也是为显得亲近些。

有来有往，这是中国人生活礼仪中的重要一环，张籍病目而且冒着风沙来访，白居易当然要去回访了。于是，白居易骑着他那匹不紧不慢的小白马就出发了。从城南的曲江乐游原到城西的延康里要经过亲仁里、长兴里、安仁里、丰乐里、兴化里，然后才能到达，向西基本上都是大路。当然，唐代时长安城中的道路并不如现在是一马平川，也少有砖砌石铺之类的硬路，当时的长安城大多就是土路，而且是随着地形上坡下坡，翻梁过坎的。

白居易从乐游原往西到延康里要经过长安城最重要的一条南北大街——朱雀大街。朱雀大街北起唐代皇城的朱雀门，南可直通到终南山，按今天的说法，朱雀大街就是当时唐长安城的中轴线。因为朱雀大街直对皇城大内，出入方便，所以，许多皇亲大臣都在朱雀大街两边上的兴道坊、善和坊、开化坊、通化坊、安仁坊、丰乐坊等地建有府宅。比如太平公主在兴道坊，尚书左仆射令狐楚在开化坊（就在今天西安城南新风尚村与南廓村之间），中书舍人元稹、中书门下平章事杜牧在安仁坊（就在今天友谊西路小雁塔一带）。唐代的朱雀大街虽然一街两行都是高门大宅，朱户彩瓦，豪气逼人，等白居易过了安仁坊往北拐，再向西到张籍所居住的延康坊途中，却见到了不少大宅冷冷清清的，有一座大宅的门楼上长满了杂草，院子也不见有人出入。诗人总是好奇心强，白居易下了他那匹慢性子的小白马，缓步上了这家大宅的台阶，探着身子，推开了虚掩着的大门。提鼻子一闻，一股潮湿的发霉气和一股强烈的刺鼻土炕味儿就冲了过来。搭眼一看，头道院子青砖漫地很是平整，但从砖缝子里却长出不少蒿草来，地上落了厚厚一层树叶也无人清扫。白居易缓步走到台阶下，脚踩在落叶上"哗啦、哗啦"作响，更是增加了惊悚的气氛。他刚走到院子当间就听得"扑棱棱、咕咚"一阵响动，把白居易吓得身子赶忙往后一缩，以为是踩上了啥机关陷阱。等他稍微定了定神，仔细察看，只见一只枭（就是俗称的猫头鹰）从廊檐下飞上了前院的大松树，草丛中又惊动一只野狐，野狐纵身跳过倒塌了半截的院墙逃遁而去。白居易拨开蒿草，踩着厚厚的落叶来到二门，他没敢再往前走，只是站在二道门口伸着脖子向院子里探望了一阵。这院子深得很呢！二门院内两边相对都有廊房，一直连接到中央的大堂，大堂后面还有院子，院子后面还有大堂。白居易正在垫着脚尖、伸着脖子向内探望的时候，就听见身后有人弹嗽了一声："嗯咳！"白居易急忙转过身来观看，只见是一位老者站立在大门之下。这位老者身穿布衣，手执拐杖，花白的须髯飘在前襟，瘦虽瘦些，神态间却透出雍容的气质。白居易毕竟是私自进入民宅的，所以，对门楼下的老者赶忙抱拳当胸言道："我是路过之人，经过此宅院，见大门未闭，就过来参观了一下，打搅了，打搅了。"老者一看白居易脸上充满了文气，不像是歹人，也就和气地说："哦，我以为先生是想购买这个宅子呢，本宅主人已辞官，家眷都回了老家，我在对面居住，他们就委托我把这宅院给处置了。先生如果感兴趣可以入内细看。"白居易再次抱拳说："不敢，不敢，我只是路过顺便看一下，等以后有时间再来吧，谢谢！谢谢！对不起，对不起。"老者点了点头说："没关系，你要是感兴趣，可以下次再来看，这院子不错，原主家就是崔相国，只是长时间没有人住了，因此破败了一些，不知情况的人还以为是凶宅呢。"白居易随口答道："好！好！好！待我下次来再看看吧。"说完就向老者深施一礼，上了马就顺着大道向北走去。白居易骑在马上，想着老者所说的话："破败了一些，人还以为是凶宅呢。"诗人嘛，看见什么有所感触，自然就会吟上几句诗来："长安多大宅，列在街西东。往往朱门内，房廊相对空。枭鸣松桂枝，狐藏兰菊丛……前主为将相……。后主为公卿……。自从十年来，不利主人翁。……寄与家与国，人凶非宅凶。"想着想着就来到了延康里张籍的家。张籍的家虽然与朱雀大街豪华住宅区只隔一个街区，但他宅院的规模、建筑和朱雀大街上的宅院就差许多了。张籍还算是个小官，也有一定的俸禄，张宅的大门上也覆盖了大瓦，但院墙却很低，外人仰一下脖子就能看见院内的一切。院内也没有多少树木花草，也没有高大的厅堂。在四周其他大宅房屋的映衬下，张籍宅院就稍显得寒酸了一些。看到这些白居易伤感地吟道："陋巷孤寒士，出门苦栖栖。虽云志气高，岂免颜色低……""病眼街西住，无人行到门。"当然，陋虽陋了点儿，但朋友来访，自然心情高兴，喝酒！喝酒！这大概是唐代诗人们最爱干的事情了。张籍的宅院没有大树，所以显得很宽展，二人就把小桌摆在院子中间，一边喝着酒，一边谈着诗。困了，抬起头，透过院墙眺望一下黛青苍茫的终南山，兴致来了，就互相唱和上一首诗，不知不觉一个下午就这样过去了。

白居易骑着慢慢悠悠的小白马，低着微醉的头，背着夕阳的落晖向乐游原上走去。"同病者张生，贫僻住延康。……迢迢青槐街，想去八九坊。"好一个"青槐街"！"青槐"那可真是唐代长安城标志性的风景，从白居易在乐游原上的安邑里，到张籍所住的延康里，相距八九个坊、七八条街。唐代的时候，长安城中大街小巷的道路两旁基本上都栽种的是槐树，这种槐树今天称之为中国槐，不是那种五月开花极香，花朵又能当饭吃的洋槐。中国槐很耐旱，不惧风沙，生命力强，很容易长成高大茂密的树冠，郁郁葱葱，既能避雨，又能遮阳。所以，唐代长安人把种有槐树的街道称之为"青槐街"。千百年来，长安城中的中国槐从未绝断过。二十一世纪的今天，你无论是走到府学巷孔庙的墙下，还是走到大雁塔南北的大路上，都能看到那黑黢黢枝干、绿沉沉叶子的老槐树。毫无疑问，你今天看到的槐树是什么样子，千百年前唐代长安城中的槐树就是什么样子，它的形态、基因绝无改变。可以说，槐树是长安城中千百年来唯一没有改变的东西。你今天所看到槐树叶随风摇曳的姿态，你所感到槐树下的荫凉，与千百年前唐朝人的感觉是一模一样的。摸着这种中国槐，你就能穿越一千三百年与唐朝人一样感受着长安城的气息。在长安城中，不仅仅大街小巷栽种有这种槐树，就是住宅院落也多能见到槐树，我们家在莲寿坊的旧宅院中就曾经有过一棵大槐树。在我记事的时候，那棵大槐树就有两搂粗了，树冠很大，并且向一边倾斜着，树荫几乎遮盖了大半个院子，我们称这棵槐树叫"歪歪树"。

这棵大槐树一年四季对人们都有用处。春天，树叶子长上来了，槐虫也就出现了。槐虫走动起来身体一弓一伸，就像是在丈量尺寸，因此，古人称这种虫子为

"尺蠖"。天气再暖和几天，槐虫就会吐着丝从树上垂吊下来，长安人称之为"吊死鬼"。"吊死鬼"虽然讨人嫌，但是它也很有用。春末夏初时节，小鸡孵出来了，捉来这种槐虫正好喂养小鸡，即省粮食又有营养。天朗气清，暮春之时，儿童们一手拿着小瓶子，一手拿着小木棍儿做成的筷子，沿着街边的槐树下走呀走，捉呀捉，好不快活。到了三伏夏日，槐树就会开出花来，

西安鼓楼外大街达仁堂药店门口

中国槐的花朵与洋槐相近，但没有芬芳的香味，闻着有一丝苦苦的味道。槐花要开未开之时的形态在中药里称之为"槐米"，"槐米"有凉血止血、止咳祛痰、抗菌消炎的功效。夏天时，西安鼓楼外大街的达仁堂中药铺专门收购晾干了的"槐米"，每斤一块五毛钱呢。这时节正值暑假开始，儿童们有时间去爬路边的槐树，几天下来便会有几大包"槐米"，晾干择净，拿到达仁堂药铺咋还不卖个五六块钱。有这几块钱就足够暑假期间的娱乐开销了。莲湖公园游泳一次五分钱，游泳出来在许士庙街口的书摊上看小人儿书，每本一次一分，选上三本书，再用二分钱抓点柿子皮。柿子皮是做柿子饼的下角料，过去食物缺乏，这种带点甜味的柿子皮是不会被抛弃的，由小商贩把柿子皮当成青干果来卖。儿童们一边嚼着甘甜的柿子皮，一边津津有味地看着小人儿书，一个长夏午后就不知不觉地过去了。秋天，槐花结成了实，就像豆荚一样，中药上称之为"槐实"，又称为"槐角"。《药味歌括》上说："槐实味苦，阴疮湿痒，五痔肿痛，止血极荟。"本人的童年是在二十世纪六十年代度过的，那时虽处于食物短缺期，但大人们再饿也不能饿了小孩儿呀，所以那时候的饥饿感本人没有记得住。到七十年代初我已十来岁了，学生们每天上学最爱跑跳，当时吃的油水少，肚子也就饿得极快，学生供粮每月二十七斤半，40%是杂粮，连面条也不是每天都能吃上的。人们就想着法子调剂，秋天的"槐实"就是一种配料。"槐实"摘下来泡上半天就能剥出里面的豆子了，这种槐豆微苦，但是放点油、放点盐炒一下，滑滑的而且很筋道，味道真有点像腌制过的大豆，配着苞谷面发糕吃味道还真不错。

说到槐树，西安人总会讲出很多的故事呢。

白居易的诗里面经常会提到槐树："昨夜霜一降，杀君庭中槐。干叶不待黄，索索落下来……""黄昏独立佛堂前，满地槐花满树蝉。"这当然都是些与槐树有关的感怀，槐花、槐实，白居易肯定是不会去吃的。

白居易喜欢吃什么呢？当然是酒了。

白居易在长安前后居住了二十几年，大多数时候官家事务不算太忙，其中还有几年因病赋闲在家。这样的白居易就有很多时间和朋友聚会、宴游了。唐代长安城中最有情致、最具风景的地方就是乐游原、慈恩寺大雁塔、曲江池一带了。曲江池不仅是皇家贵族宴游之地，也是平常百姓游乐之地。白居易因为就住在曲江岸边，所以他请朋友喝酒聚会也就多在曲江了。

"长安千万人，出门各有营。唯我与夫子，信马悠悠行。行到曲江头……"

"曲江柳条渐无力，杏园伯劳初有声。"

"花园欲去去应迟，正是风吹狼藉时。近西数树犹堪醉，半落春风半在枝。"

"杏园"或称"花园"，在今大雁塔东南方向，唐代曲江池向西的支流就没入此园内。当年这里种植了大片的杏树，每到春季杏花怒放之时，长安城中的人便会来此园赏花游春。每年新科得中的进士也要在此举办"杏园宴"以为庆祝，"及第新春选胜游，古园初宴曲江头"。新进士在杏园宴罢就要去游慈恩寺，在大雁塔下刻碑题名，以此荣耀后世。

当然，偌大的杏园里不仅仅只种了杏树，枣树、梨树、桃树、杨柳树都有。白居易有《杏园中枣树》诗："二月曲江头，杂英红旖旎。枣亦在其间，如嫫对西子。"枣树花太小，又无多少颜色，与杏花、梨花、桃花相比肯定是老妇与少女的差别了。所以枣树"岂宜遇攀玩，幸免遭伤毁"。由此可见，唐代人游春时特别喜欢攀折一些花枝携回，或送人，或自己制作插花置于客厅或案头。后来唐代人的插花艺术和习惯传到了日本，千百年来依然盛行，而在中国则久已不时兴了。

白居易的诗集中几次写到与"折枝"有关的诗句时都用"柘"字以替代"折"。在唐代教坊乐舞曲中有"柘枝舞"曲牌，一般字书解释"柘"字，首先说是指一种桑科灌木，以及颜色等，并未说明"柘枝舞"的"柘"字是何意。在此字条后多引《警世通言·钱舍人题诗燕子楼》："柘因零落难重舞，莲为单开不并头。"其实，这还是在说舞者手执折枝花独舞的情景。

我们再来看白居易是怎样描写"柘枝舞"的："平铺一舍锦筵开，连击三声画鼓催。红蜡烛移桃叶起，紫罗衫动柘枝来……""啪、啪、啪"三声鼓点儿响，就像京剧里将要开场的三击头锣鼓点儿，鼓声一响人们马上就安定了心情，音乐也就随着响起来，而舞者手执折枝花，便翩翩起舞了。

白居易的另一首《柘枝词》描绘的场景与此基本相同，因此，我们可以试着这样推论：唐代教坊里的《柘枝舞》就是指"折枝舞"，即手执折枝花来表演的一种舞蹈。"花堪折时直须折，莫待无花空折枝。""折花逢驿使，寄与陇头人。"在中国传统的绘画里，自古以来也有"折枝画"这种形式，"折枝花""折枝舞"都是和古代人们的生活习俗有关联的一种表现形式，我们现在的演艺团体多重视创作大型的唐代歌舞，但这种款款而起、手执折花枝的独舞或许更能打动今天的人们呢。

每年春天，白居易都会约几位朋友去安业坊的唐昌观赏玉蕊花。唐代的安业坊位于今天朱雀大街与南二环路的西南角，安业坊有一感业寺，就是当年唐太宗去世后武媚娘出家为尼的地方。在感业寺的北边有一道观，名为唐昌观。唐昌观出名并不是里面有什么仙人高士，而是观内有一株唐长安城中绝无仅有的玉蕊花。每年春季开花之时，香气涌动，观者如堵。玉蕊花到底是一种什么样的花，史书上没有准确记载。但是唐代的诗人杨凝、王建、武元衡、张籍都有诗记叙此花开放时的盛况。白居易、元稹、刘禹锡、张籍等人还有《唐昌观玉蕊花》唱和诗多首。唐代诗人李德裕在出任润州牧时曾于招隐山观见到过此花，因而有《忆翰林院玉蕊花》的诗作。由诗人们所描绘的玉蕊花特点来看，此花应是一种藤蔓类植物，花形就像凌霄花之类但稍大一些。宋代诗人《周必大全集》中有《玉蕊辩证》一卷，内容大约是这样讲的：周氏本人曾于招隐观获得一株玉蕊花，条蔓如荼蘼。栽种后夏天枝叶茂盛，冬天叶落凋零，叶子稍小，茎干紫色，生长几年后，根株合抱在一起，成为大树。春季花初开时花苞稍小，一个月后渐渐长大，待暮春之时玉蕊花才完整地长出八个花瓣来，花瓣的颜色如冰洁的丝绸上缀满了金粟。花心中长有一筒状花蕊，形如胆瓶，色如碧玉。在这瓶似的花蕊中又抽出一根花须，向四周散去，犹如碧玉之丝。根据这种形态，人称此花为玉蕊花。这真是神仙家才有的东西啊！难怪每年春季，唐长安城中的诗人们都会成群结队前往看花呢。

唐宪宗元和年间的某个春三月，这正是春花烂漫的时节，长安城中的大街小巷里到处可见香车宝马在穿行。特别是长安城最宽阔的朱雀大街上，更是人流如织、车马络绎。向南，将近唐昌观，人流就更愈显得有些拥挤了。这时，在人流之中有一年轻女子骑着马款款而来。女子的年龄看起来大约有十七八岁吧，身穿绿色小碎花锦绣衣，头梳双环高髻，发髻上并没有金簪玉珥之类的装饰，但她冰清玉洁的气质已经使她与众不同，引人注目了。女子的身后跟着两个女童，小辫黄衫，生得倒也端庄秀丽。走进唐昌观后，这女子便侧身下马，用一把白色的团扇半遮着面，缓缓步行来到玉蕊花树前。所过之处，都能闻到从这女子身上散发出的一种奇异香气，让人不禁有些飘飘然的感觉。大家都以为，这位女子一定是从皇城后宫里出来的宫娥才女或皇亲贵戚呢，因此，按规矩都不敢去直视。女子在花前欣赏了一阵就对小女童说："咱们折上两枝花就赶快走吧，我们还有玉峰山的约要赴呢。"这时，围观的人就觉得眼前烟雾缭绕，香风阵阵。片刻之后，只见一股旋风卷着烟尘向东而去。等香消云散后，人们才晓悟，原来是神仙来观赏玉蕊花了。自这天以后，在一个多月的时间里，神仙身上散发出的这种异香都弥漫在唐昌观的院中。当年长安城中的大诗人元稹、刘禹锡、白乐天都有诗歌记录此事。"瀛女偷乘凤去时，洞中潜歌弄琼枝。不缘啼鸟春饶舌，青琐仙郎可得知。"（白居易《酬严给事（闻玉蕊花下有游仙绝句）》）唐代人生活丰富，经得多，见得多，想象力也就丰富，所以也就产出了不少文学性极强的唐代传奇故事，这些传奇故事从一个侧面反映出了唐代长安人的生活状况与民风民俗。

一千多年了，世间还存有玉蕊花么？长安城还存有玉蕊花么？让人遐想。

前文说过，白居易在长安居住时没有做过太大的官，开始时他在翰林院做校书郎，也就是为皇帝起草诏书的文官。但这种小官一样也得入值宫内服务，有时还得值夜班。白居易当值的地方起初在兴庆宫西边的翰林院。兴庆宫是唐代都城内三大宫殿之一。唐代的兴庆宫面积很大，南至今天兴庆宫公园的南门（友谊路），北至永乐路、八仙庵，西到环城东路，东边几乎到了现在的东二环路。现在的兴庆宫公园只是原来面积的四分之一而已。唐玄宗开元、天宝年间兴庆宫是皇帝处理政务的主要场所，唐玄宗与杨贵妃的许多故事也发生在这里。安史之乱后兴庆宫的政治地位逐渐降低，皇帝也不经常到此来了，但一些政府机构如翰林院等仍设置于此地。

白居易住在兴庆宫以南的安邑里，就隔着常乐、道政二坊，上班的路程不算太远。每天早上白居易骑着小白马，悠悠达达用不了半个时辰（大约是现在的一小时）也就到了兴庆宫西边的翰林院，差不多就是现在东关南街龙渠堡、卧龙巷一带。在翰林院里有事了就抄抄写写，没事了就和同僚饮酒对诗。有人问了，在皇宫里办公当差还能喝酒？我猜想，在唐朝的时候应该是可以的，那当然是要在下班以后了。白居易《冬夜与钱员外同直禁中》："夜深草诏罢，霜月凄凛凛。欲卧暖残杯，灯前相对饮。连铺青缣被，对置通中枕。仿佛百余宵，与君同此寝。"这首诗把白居易在翰林院里的工作状况，下班后的情景，甚至晚上睡觉的大通铺都描写得清清楚楚了。在禁中值班，晚上并不只是喝酒睡大觉，通常情况下也是要处理一些文书的，并随时等待皇帝有事召唤，比如起草一些诏书急件之类。"窗白星汉曙，窗暖灯火余。坐捲朱里幕，看封紫泥书。"一夜的工作完毕了，把遮寒的红布单卷起来，把写成的公文诏书密封好，准备皇帝宣读或发往各处。这里有一句"看封紫泥书"，一般认为，这是指用一种炼制的紫色胶泥压在官方文件的封口处，然后用官印盖在上面。一是说明这是公文密件不能随便开启，二也能看到此公文的出处。前一段时间，有一电视剧上出现唐代官员处理文书的镜头，就有把文书上的封泥拆开的动作。有人提出异议，认为唐代已不用封泥封公文，因为至今出土的封泥都是秦汉和六朝时期的，无见有唐代的封泥出土。秦汉时的封泥前人称为"青泥"，唐代的封泥白居易又称为"紫泥"。大约唐代把封泥用料提炼得更细致了，变成了紫色封泥。或者像国外一样唐代也采用了紫色蜡质物来封公文，而白居易只是用了封泥的典故称为"看封紫泥书"，因此，不能说没见这种封泥出土，唐代就没有封泥。等等吧，也许有一天忽然会发现一大堆唐代的紫封泥。因此，对待历史问题不必要一定绝对，历史上生活上有一些谜团存在，让后人去探索、去质疑，这样我们的生活才会充实与快乐。如果千年的历史进程一览无余，百年的社会生活一种腔调，那多没意思。

过了几年，白居易升迁到了左拾遗翰林学士，属于中书省管辖，这样一来就要到大明宫或朱雀门里的皇城内入值上朝了。

从曲江头的安邑里到长安城最北端的大明宫，就是抄近道也得一个多时辰呢，路途远了就不能不早点起来。"夜色尚苍苍，槐阴夹路长。听钟出长乐，传鼓到新昌。宿雨沙堤润，秋风桦烛香。马骄欺地软，人健得天凉。"皇帝起来得早，夏秋间一般五点前就上朝了。大臣们当然要提前到达，三更的鼓声传到白居易所住的新昌里，他就要起来收拾打点准备出门了。等走到新昌里东北的长乐里时，四更的钟鼓声已经响起。唐代的长乐里就在今天西安市二环路东南一带，建工路的南北两边。在建工路西头的北边，有一大片区域，西安人称之为"沙坡"，就是因为这里原来从南至北有过很长一段沙堤路，沙堤随地形上下起伏，有很多陡坡。从白居易诗中可以看到，在唐朝的时候这个沙堤就已经有了。沙坡一带空旷荒凉，不宜人居，后来围墙一圈就改造成了西安人都知道的"新安机械厂"。

白居易升任了左拾遗，上朝时除了要聆听皇上有何指示外，其他的主要工作就是给皇帝写谏言，这算是能跟皇帝说上话的人了，所以称之为近臣。"近职诚为美，微才岂合当。纶言难下笔，谏纸易盈箱。"（白居易《行简初授拾遗同早朝入阁因示十二韵》）白居易是个实在人，敢说话，这也为以后因言获罪埋下了伏笔。

当然，也不能说做官就尽是危险，没好处，没好事，人们也就不会争着去做官了。皇帝有时候高兴了也会请群臣们喝酒吃饭，官宣称之为"赐宴"。曲江是皇家的游乐场，宴席自然会安排到那里。皇家的宴会基本上都是在曲江池东岸的芙蓉园里。芙蓉园在汉代的时候就是长安城的风景名胜之地了，三面环水，一面靠原。东边的原上树木丛生，林廊回转。南、西、北三面临水，空气中四季都弥漫着绿色的氤氲。唐代诗人宋之问《春日芙蓉园侍宴应制》："芙蓉秦地沼，卢橘汉家园。谷转斜盘径，川回曲抱原。风来花自舞，春入鸟能言。"真美！

唐朝的皇帝为方便从长安城北的兴庆宫到曲江芙蓉园来宴游，就沿着长安郭城在东墙边修建了一条通道，称之为"夹城"，普通人是看不到夹城里的情景的，当听到夹城里有"隆隆"的车马声传出来时，就知道皇帝又出行了。

当夹城通到芙蓉园时就在长安郭城城墙的东南端新开了一门，以便进入芙蓉园，称为"新开门"。"新开门"一带后来形成了一个村子，名称延续至今。

曲江池的水主要来源于黄渠，黄渠开凿于唐玄宗开元年间，引南山义峪口之水注入曲江池。曲江池的水向北又分为两个小渠，一个向西北，流往大雁塔东边的杏园；一个向东北，流往升道坊旁边的田地。因为有水便于灌溉，在唐代时这里就形成了村落，以渠名为村名，

旧时寒窑中的王宝钏、薛平贵塑像

称为"黄渠头村"，流传至今日，有一千多年的历史了。宋代的时候，这个渠还在使用，甚至官方还设立有"巡渠亭子"。这条历经了千百年的引水渠至今已痕迹难寻了，但这条引水渠带给曲江地区的滋润，千百年来

似乎却一直没有枯竭。远的不用说，就是二十世纪八十年代时，曲江地区仍随处可见池沼溪流。在长安生活过的人们都知道，过去的西安人，不论年老的、年轻的，每年都要去位于西安东南约三十公里处的汤浴镇沐浴温泉。那里的温泉一点也不亚于临潼骊山的温泉，不但水滑可以洗去凝脂，甚至还可以治疗风湿、祛除毒素呢。从西安出发前往汤浴镇，大多要走南郊大雁塔东侧，向东南经曲江池、春临村，上五典坡，从汉献帝墓东边绕过，再下引镇原就到汤浴了。经过五典坡时，一般都要到当年王宝钏住的寒窑看一下。王宝钏的寒窑极像一座简陋的小庙，就在路边的一条土沟里，贴着土沟的崖壁有几孔土窑，那就是王宝钏的故居，过去故居里还立有王宝钏和薛平贵的塑像，门口还塑了一匹红鬃烈马的泥像。不知什么时候人们把王宝钏当成神来祭拜了，大约是崇敬她的安贫忠贞吧。人们到寒窑来转转，除了参观王宝钏的故居，还有一项活动就是在这里歇一下腿，喝一口从寒窑院子的井里打上来的井水。这口井的水位极低，不到五十厘米，可以说随手一舀就能得到。水位虽低，但水质甚佳，清凉甘甜，当地人说这是泉水，是从南山传过来的。我想，这也许就是当年黄渠下的暗流涌出来的吧。

　　说远了，说远了，还是说说白居易宴饮游乐的事吧。皇帝平日对臣下严肃，但是遇上年节什么的好日子，也会带着朝臣们去轻松轻松，大吃大喝一顿。白居易《上已日恩赐曲江宴会即事》："赐欢仍许醉，此会兴如何。翰苑主恩重，曲江春意多……"出门游玩，皇帝高兴地对大臣们说："今天要一醉方休！"这也是难得的圣旨。

　　当然，做官不能整天吃喝玩乐，有时候也要出外考察考察。《诏赐百僚出城观稼谨书盛事以俟采诗》："清晨承诏命，半岁阅田间。膏雨抽苗足，凉风吐穗初。早禾黄错落，晚稻绿扶疏。好入诗家咏，宜令史馆书。散为万姓食，堆作九年储。莫道如云稼，今秋云不如。"多好的收成啊，过去长安城四周可不像现在的旱地这么多，过去长安城有八水环绕，许多田地都能种水稻，在曲江池边的王家庄就有大片的稻田。二十世纪八十年代前后，长安滦镇、王莽、江村一带所种的桂花球大米以味道香美曾经名扬关中呢。那时节，一到秋天，长安城中的大街小巷里经常能听到"换大米咧！桂花球大米！"的吆喝声。农民们用一斤大米换一斤半的白面，或用粮票再加上些钱来买，这样的话，农民们就可以增加些收入了。

　　有时候，官家还会给这些翰林学士、朝中重臣们搞点儿文化活动，每隔几年，中书省就会请画师给在任的翰林学士、左右拾遗等绘制画像，唐代时称之为"写真"，并把这些画像存放在中书省集贤殿的御书院内，作为人事档案，同时也可以供后人瞻仰。白居易《香山居士写真诗》："元和五年予为左拾遗翰林学士，奉诏写真于集贤殿御书院，时年三十七。……""昔作少学士，图形入集贤。"中国传统文化中有这样一句话叫作："纸一千，绢八百。"就是说纸张可以耐一千年而不腐，丝绢可以耐八百年而不坏。唐代大尺幅的纸张少，如画像这种事应该多是用绢来完成的。唐代距今一千多年了，偶尔保存下来一些残简断章的唐人写经卷子，还有一些不及盈尺的书札、佛教印戳等，均被称为珍贵的历史文物，甚至称为国宝也不为过。从白居易等唐代诗人的诗作里我们知道，唐人的画像在当时还是很多的。但白居易等历代翰林们的画像一幅也没保留下来，这是由历史条件决定的。唐宋时代的人根据唐人画像而刻的线描石刻像，应该还保持了当时人物的一定真实性，由此还能判断出当时人物的一些形象与精神面貌来，这一点应该引起今天文史工作者的重视。

白居易在长安城中住了二十多年的时间，从他的诗中得知，白居易前后在长安城中曾居住过常乐里、永崇里、新昌里等街巷。《白香山诗集·卷五·常乐里闲居偶题十六韵……》："帝都名利场，鸡鸣无安居。独有懒慢者，日高头未梳。……窗前有竹玩，门外有酒沽。……"常乐里在唐长安城东边靠着郭墙，差不多就是今天友谊东路东段西安交通大学至沙坡村一带。当时白居易刚到长安城还未购置住宅，就借常乐里内中书侍郎关播宅院东边的一间亭子房居住。不久才搬到永崇里。

永崇里在唐长安城东南部，即大雁塔东北方向，今天的后村、省委东院与省考古院一带，这里也属于长安南城乐游原的一部分。因为距城中心稍远，所以，永崇里内就显得很是安静幽雅。白居易《永崇里观居》："季夏中气候，烦暑自此收。萧飒风雨天，蝉声暮啾啾。永崇里巷静，华阳观院幽。轩东不到处，满地槐花秋……"永崇里有华阳观，位于永崇里西北角，原为唐代宗李豫之女华阳公主故宅。唐代宗大历九年（774年）华阳公主去世，大历十二年（777年），皇帝为了给华阳公主追福将其故宅改为道观，名为宗道观，亦称华阳观。原来华阳公主随身的许多宫女也就留在华阳观当了道姑。白居易《春题华阳观》诗序中有"观即华阳公主故宅，有旧内人存焉"，可为注释。白居易在元和年初应朝廷科举考试的时候在永崇里闭门一月未出，他在这里认真研究史书和天下大事，终于在这次考试中得中，被授于左拾遗职。

在唐代的时候，长安郭城靠南边的几个坊里中，如果没有皇戚或大官居住，一般说来都是很冷清寂寞的。就是后来白居易所住的新昌里，也并不是热闹之地。"地偏坊远巷仍斜，最近东头是白家。宿雨长齐邻舍柳，晴光照出夹城花。春风小榼三升酒，寒食深炉一碗茶。能到南园同醉否，笙歌随分有些些。"（白居易

《自题新昌居止，因招杨郎中小饮》）呵呵，"有些些"，这不是现在小姑娘们嘴上常说的一个词吗？是时尚，还是千年的传承？"些"在这里读如"虾"音。

由白居易的诗我们知道，白居易住在新昌里的最东头，靠着路边，出入方便。但他的居所并不是深宅大院、高门朱户，而是一座近似于农家的小院，经他几度修整才有了新的感觉。"檐漏移倾瓦，梁敧换蠹椽。平治绕台路，整顿近阶砖。巷狭不容驾，墙低全过肩。"（白居易《新昌新居书事》）就像前面说过的，唐代长安城中的坊里，并不是宋代、明代地图上所标出的那样，四四方方，整整齐齐。实际上坊里名只是一个区域名，在坊里中有住宅也有田地。你可以想象二十世纪七八十年代以前，出了西安的城墙，一眼望去多是田地阡陌，村落只是其中的点缀。就是城墙里面，西北隅的香米园菜地、西举院巷儿童医院门口的菜地，西门内南侧的白鹭湾一带的菜地，依然存在。菜坑岸的地名不是流传至今么！

诗人是喜欢安静和闲适的，新昌里的院子虽然小了一些，位置偏远了一些，但白居易还是在新昌里住了近十年。唐宪宗元和十年（815年），白居易因宰相武元衡遇刺事上书皇帝，因而得罪了权贵，被贬到江州当了司马，因此不得不离开长安城。

白居易怀着伤感的心情离开了他生活多年的新昌

里，回首望了望曲江池，在这里白居易留下了许多快乐与记忆，也留下了许多感怀的诗句。从新昌里向东出长安郭城的春明门，然后过长乐坡向东走去，在长乐坡上，白居易曾经送过许多朋友离开长安。"行人南北分征路，流水东西接御沟。终日坡前怨离别，谩名长乐是长愁。"（白居易《长乐坡送人赋得愁》）而今天他自己却要由此离开长安而去了。

人还是那个人，马还是那匹马，白居易低着头，骑着他那匹慢性子的小白马离开长安城向东走去。这匹白马陪着他在长安城中生活了七八年之久，无论是醉卧曲江畔，还是长吟终南山，无论是早朝时大明宫的廊檐下，还是夕阳里长安城的小巷中，都能见到这匹缓缓走着的慢性子小白马。今天这匹小白马似乎稍稍有些躁动，不时地仰着头，回身向西边的长安城望着，还不停地打着响鼻儿。毕竟它在这里生活了多年，留恋这里也是常情。

从长安出发去江西不是往正东出潼关，而是向西南走商州，经襄阳而南下。行路之中满目虽然都是山光美景，但心情不好，看着山路一腔都是烦躁的情绪。一早从长安城出发，到擦黑才走到蓝田县南的一个驿站。"唉！"白居易叹着气走进驿站，就这样，心里还是念了几句诗："……朝经韩公坡，夕饮蓝桥水。浔阳近四千，始行七十里。人烦马蹄跙，劳苦已如此。"驿站里的差役见是长安城里来的官员急忙上前招呼："老爷，里边请。今天正好有间上房空着，宽展得很！"白居易漫不经心地应道："好，你把我这匹马给收拾一下，涮洗饮遛不能少了。明天一早还要赶路呢。""好咧，老爷你放心！咱这驿站里都是上等的草料，保证你的马吃得好！"说着，差役就接过马缰绳，牵着白马去了后院。白居易心情不好，所以也不想喝酒，稍微喝了口汤，抹了把脸就睡下了。

一夜无话，天刚麻麻亮的时候，突然听得差役大喊了一声："不得了咧！不得了咧！老爷快起来！你的马卧到地上拉不起来咧！"白居易也许还在做啥梦呢，听见喊声猛然一翻身，半个身子几乎都掉到了床外。他急忙披上外衣拉开房门："喊啥呢，一大早的。""老爷，不好咧，你的马卧到地上起不来咧！"差役紧张地说着。白居易闻听这话，鞋都没穿上，跟着差役就到了后院，只见那匹马蜷卧在槽头下，一动不动，无有声息。白居易急忙上前一摸，显然，白马已经去世多时了。"唉呀！这可如何是好！"白居易想着这匹小白马与自己朝夕相处多少年，不禁眼泪就流了下来。

小白马为何突然死去，没有人知道原因。白居易在纪念他的小白马的诗序中只是说："有小白马乘驭多时，……至驿溘然而毙，足可惊伤。"小白马从此以后再也不能陪伴白居易了，它的骸骨被埋葬在了崇山峻岭之间，无人再会记得它。

东阁诤谏真国士

西厢温情元微之

元微之即元稹，字微之，别字威明。生于唐代宗大历十四年（779年），逝于唐文宗大和五年（831年），终年五十三岁。元稹是唐代中后期著名的诗人，他与白居易等诗人在唐元和年间的唱和诗有近千首之多，格式、韵律自成特色，被世人称为"元和体"而争相仿制。元稹与白居易在唐穆宗长庆年间都有诗作集结成卷，同称《长庆集》。

《元氏长庆集》《旧唐书》《新唐书》上均称有"一百卷"及"十集十卷"，但至今所能见到最早的宋代闽刻本、蜀刻本，以及宋乾道四年（1168年）洪适复刻闽本的浙本均为六十卷本，可见元稹近一半的诗作已经遗失。明万历三十二年（1604年）松江人马元调将元稹、白居易二人的《长庆集》合刻为一大部，统称为《元白长庆集》。这大约是至今所能见到元稹最完整的诗文集了。

《旧唐书》《新唐书》以及《唐才子传》上都说元稹是河南人，那是因为他们搜寻了元稹的十八辈祖宗北魏孝文皇帝改拓拔为元姓，又建国于河南而定的。实际上元稹的六代祖，隋文帝开皇年间的兵部尚书元岩就已经居住在长安城了。元稹在《告赠皇祖祖妣文》称六祖元岩"始兵部，赐第於靖安里，下及天宝，五世其居"。然后又经过元稹在长安生活的唐大历、元和、长庆、大和年间，差不多元家在长安城有二百多年的历史，而且元稹就出生在长安城中的靖安里，应该说他是实实在在的老长安人了。

据《唐两京城坊考》，隋唐两代京城长安的建筑格局变化不大，自隋文帝以元岩有武功，就在长安城靖安里筑建了府第赐给元岩居住，隋唐二百多年的时间里，靖安里的位置、名称从来就没有改变过。

靖安里也称靖安坊，在唐代，在街坊名称呼上，坊、里是可以互用的。一般来说，官方文件、史书上多称"坊"，而日常的口语或诗歌文章中多用"里"。靖安里在唐长安城南部，今西安小寨十字东北方向，长安大学以南的区域。开元、天宝年间，唐玄宗的女儿咸宜公主即住在此坊。另外，唐代诗人韩愈、张籍都在此坊居住过。

靖安里向东，过两个街坊就到曲江乐游原的地界了，这里是唐代长安城中风景最优美，文人雅士最喜欢游玩的地方。元稹的好友白居易就住在乐游原上，所以，元稹经常会在曲江一带宴饮唱和。

元稹《和乐天秋题曲江》："十载定交契，七年镇相随。长安最多处，多是曲江池。梅杏春尚小，芰荷秋已衰。共爱寥落境，相将偏此时。……"就是在元稹后来被贬出长安与白居易相隔千里之时，仍然有诗回忆在长安乐游原时的快乐的场景："昔君乐游园，怅望天欲曛。……长安临朝市，百道走埃尘。轩车随对列，骨肉非本亲。夸游丞相第，偷入常侍门。……"（《酬乐天登乐游园见忆》）"乐游园"也作"乐游原"，在今曲江池以北至南二环路以南地区，这一带地势为长安城中的最高处，既有树木亭阁供人游览，又可以登高极目远眺。当然，这一带还有不少历代官员名人的宅第，宽广的院落，茂盛的花木，自然会吸引文人雅士前去探寻。和白居易同在安邑里的曾任宰相的李吉甫宅第，李吉甫宅第在安邑里的中间地带，南北通贯，占地面积有三十多亩，大门坐北朝南，稍稍偏东，并未建在整个院落的中轴线上，这正是为了符合中国传统的风水文化。根据地势建筑的差异，将大门建在宅院的东南方，也就是八卦图上的"巽"位。"巽，小亨。利有攸往，利见大人。"《周易》上是这样说的。"巽"又代表风，风从东南来，开门迎接，自然是有利于主人的仕途了。这对于深谙地理学的李吉甫来说是再明白不过的事情了。唐代的长安地区并不是像南方城市一样，到处是青山绿水。长安由于地处内陆黄土高原，城市地面多为土路，一到冬季与初春，车马驰过，尘土总是随风飞扬。所以，大户人家的院墙外都种有大树，一是为了遮挡尘沙，二是能改善自然环境。中国人喜欢谈风水，古时称为"堪舆"。讲风水的实质就是讲人怎样顺应自然去生活，生活中要有风的来路，风能带来氧气，氧气是生命的保障。但风口是不能居住的，风太大必要摧折人物。

水是生命的源泉，有水的地方自然生命力旺盛。虽然风水讲究倚水而居，但是也应该保持一定的距离，太近了时常就会带来灾难。这就是古人风水的实质。至于说房间里这个不能摆，那个不能放；院子里这儿要开个门，那儿要开个窗。这些是否是在讲"堪舆"意义上的风水，那就要两说了。

李吉甫是地理学家，又两次拜相，他的宅第自然不会差。李吉甫的宅第虽然占地面积大，但并不一定就是十进八进的院子，房子盖得就是密密麻麻，鳞次栉比。李吉甫的宅第只有四层院落，就是四进，每一进院落都显得敞亮宽大，按长安人的老话说就是"入深大"。院子宽敞了就能种植很多花草。按照长安地区的自然条件和讲究，前院梧桐树、松树、紫藤是必定要种的。梧桐树能招凤凰，也就是说能带来吉祥；松树四季常青，不凋谢，象征了生命的长寿之相；紫藤曲曲弯弯，虬枝盘绕，喻意了家族的繁茂绵长。隐喻和象征是中国传统文化的重要组成部分，它几乎贯穿了人物、事物、植物、建筑等人们生活的每一个领域，它是中国人体味生活、表达情感的一种特殊形式。

李吉甫的院子里当然不只种梧桐和松树，地面上还有四时不谢的花草，牡丹、海棠、菊花、紫鸢……第二进、第三进院子是主人生活起居的地方，这里主要展现了房屋建筑的适用与宏伟。正面的大厅堂，两边的回廊夹厢房，雕梁画栋，窗棂花隔，今天的人们不见实物是难以想象出它的壮美与精工的，因为现在的长安城中，很难找出相近的参考物来帮助我们联想，如果一定让我说出一个来，我觉得现在西大街城隍庙的大殿还有那么一些古气儿和气度。

古代人最后一进院子里一般建筑物是很少的，最后靠墙处多数是一排房间，多数是作为祠堂或佛堂的，因为这里安静啊。因而后院也多是树木丛生、百草丰茂的地方。长安城的人家一般喜欢在后院种上椿树，椿树象征着长寿。当然花圃里玫瑰、蔷薇、紫鸢花也是种了不少。

元稹和白居易等一伙朋友在曲江乐游原上饮酒和诗，乘酣畅酒兴，约上几位朋友去探访游赏李吉甫的宅第。李吉甫虽两次拜相，但常在外地为官，平时并不在安邑里的宅第居住。元稹、白居易等乘酒劲壮胆，硬要进相府参观，加之他们本身也都是官府的人，冒充与李吉甫认识，李吉甫的家门院人恐怕也不能太强硬拦阻。这样酒后游了丞相府，又偷偷进了宣平里某常侍的深宅，这样的快乐事能不逢人即夸耀，作诗为记忆吗？

元稹和白居易不仅是诗友，也是多年的好朋友，他们二人有了什么好事都会请对方一起来分享。在一个夏天的午后，白居易退朝后从兴庆宫返回乐游原上的安邑里，当他骑着那匹小白马走到常乐里南边的沙堤上时，马蹄子下忽然发出"啪哒"一声，小白马脚下一滑，还闪了一下，这可把白居易吓了一跳，以为是小白马的脚掌掉了呢。下马来仔细一看，却是马蹄下踩了一个铁家伙。白居易用脚尖拨弄了一下掩在铁家伙上的浮土，这下露出来了一个约二寸宽、一尺多长的半截宝剑。白居易也是有文人爱好古董的心性，他急忙拾起半截铁剑，上了马，赶回家中，一进安邑里的家门，白居易就大喊道："快打一盆水来！还有那个小鬃刷子！"白居易的小书僮经常干这些事，轻车熟路，所以很快就把铜水盆、鬃刷子准备好了。白居易慢慢地把半截铁剑放到水盆里，泡了约摸有十来分钟，然后就用鬃刷子轻轻地刷着。白居易想，这上头要是刻有文字就好了，有字就能判断出年代，甚至还能考证出是谁铸造的或是谁使用过的呢，要是一把干将、莫邪所造，或是越王勾践所用之剑，那就意思大了。白居易刷着想着，不一会儿半截铁剑上的泥土就刷干净了。对着亮光细看，剑身锈得很是斑驳，剑刃上也有些豁牙，但残存的光亮处透出的寒气还是让人心中为之一颤。这是谁用过的剑呢？"……疑是斩鲸鲵，不然刺蛟虬。缺落泥土中，委弃无人收。我有鄙介性，好刚不好柔。勿轻直折剑，犹胜曲全钩。""唉，一时考不出来历，但是我喜欢就行！"诗人的心里就是宽展，不管是啥宝贝，心里高兴乃是第一要务。"缠儿！缠儿！"白居易大声唤着他的书僮，"去靖安里元府，把元微之先生请来，就说我有一件古物让他鉴赏一下！"

元稹毕竟是世家子弟，长安城中住了几辈子，见的好东西太多了，而且博闻强记，鉴定个一般古董还是没有问题的。靖安里距离安邑里只有四五里路，不一会儿元稹就来到白居易的家里。寒暄过后，白居易就把半截断剑递给元稹："你给断一下，看是什么年代的东西。"元稹接过断剑掂了掂分量，然后看了看锈色，他知道铁剑是汉以后才广泛使用的武器，看这把半截剑的质量，年代不会太长，也就是初唐时候的东西，有个一二百年时间吧。元稹不想扫白居易的兴，就说："是个老东西，你看，上头还有些寒气，肯定砍杀过人，剑刃豁豁牙牙，正可见当年使用者的威风八面。虽然残断了，但放在大门口定能辟退邪气呢。"说着二人哈哈一笑。白居易说："不论断剑是不是宝物，但我自己喜欢，所以就吟了一首诗，请微之兄和上一首吧，也算是个纪念。"唐代文人爱作诗，大小事都能酝酿出感情来，这也是唐代文人的心境和文化氛围所造成的。元稹在院子里转了两圈，抬头望了望远方的终南山，低头又看了看放在院中兀凳上的半截铁剑，"嗯、嗯"了几声，然后吟出了一首《和乐天折剑头》的诗："闻君得折剑，一片雄心起。讵意铁蛟龙，潜在延津水。风云剑一合，呼吸期万里。雷震山岳碎，电斩鲸鲵死。莫但宝剑头，头头非此此。"

当然，诗是讲诗意的，不是训诂考据的文章，不一定要讲出事物的来历，表达心情和寓意，那才是诗的特点和要义。元稹和白居易的诗一样，用一件古物作为依托，借此表达出一种情绪和理念。真正要说到鉴赏古董，那就是另外一个行业，另外一个语境了。

长安城是唐代的首都，唐代又是中国历史上经济、政治比较发达，国际交往比较兴盛的时期。人们的生活相对安定，古玩行业也就随着发展了起来。当时长安城中商业区很多，以东市、西市两个大商业区为最大，也最繁荣。东市位于唐代长安城兴庆宫以南、安邑里以北，差不多包括今天西安交通大学老校区的全部，以及北边友谊路南侧的大片地区。东市里除过一部分居民住宅外，大多为商铺、餐饮、酒肆、旅店，当时长安城中大的粮食行、肉食行、铁制品行、药材行、布匹行以及金银行等均集中在此处。一是因为这里距离长安城东边的春明门、延兴门近，南方的货物、东路的货物进入长安城后方便在此集中然后分售；另外一个原因是这里距离兴庆宫近，皇家人员、上朝的官员经常在此停留。这样，生意自然就会好做些，价钱也能卖得上去。

一天，元稹下朝后就来到东市南端紧靠着放生池边一个叫作"玉壶春"的酒肆歇歇，准备抿上二两老酒再回家。元稹刚坐到柜台边就闻到一股奇特的味道飘了过来，"嗯，不对！"元稹心里一动，回头四下望了望，这是巳时，上午十点左右，没到饭点，酒馆里只有两个老头坐在墙角的小桌上，并无其他饮酒吃饭的人。那么这种味道是从哪儿来的呢？元稹对着柜台里的伙计招呼着："伙计，来来来！我问你一下，我闻着有一股味道特别，难道是宫里有人在你们里间子坐着不成？"酒馆的伙计笑着对元稹说："老爷真是好嗅觉，是和宫里有些关系。前天，宫里的太监王成来店喝酒，因为忘记带钱了，就硬要把外套脱了押在这儿，可能前天喝高了，一直没见来取衣服。你闻到的味道就是从王成的衣服上散发的。""哦，王成，就是给宫里点薰香的那个太监！"元稹想着，"就说味道咋怪怪的，前天安南国刚刚进贡了几包龙涎香，就是让这个王成查收的，难怪他身上沾有味道，这味道就是龙涎香的。"酒馆的伙计知道元稹见多识广，于是就从柜台下拿出几个锦缎盒子说："元老爷，这是几位外地来长安做生意的老熟客放在这里的，说是等元老爷来了给鉴定一下。"

元稹先要了一壶酒，放在柜台上，慢慢地抿了一口，抬头回味了一下滋味儿，这才把锦缎盒子一一打开。第一个盒子里放了一串圆润洁白的珍珠，大小均匀。珍珠现在看来并不希罕，到古玩市场上转，经常可见一蒲篮一蒲篮地在地上摆着，但这都是人工培养的，有些甚至是人工合成的，与唐代自然生成，个头超大的珍珠是两个东西。元稹看到这串珍珠是宝贝级别的，尤其是穿上了红绳子，更显得精神。第二个盒子里放着一面铜镜，从形制、图案上看，元稹认为是秦代的东西。

秦代的铜镜一般和战国镜相近，表面的光泽处理得很好，那种特殊的涂料——"黑漆鼓"经千年也不会变质。别说唐朝了，就是现在拿出来也是光可鉴人的。秦时铜镜背面的图案多是花草动物等吉祥纹，图案的力度也浅些。汉代的铜镜除过动植物，文字吉语的图案也不少。唐朝铜镜的表面处理采用了新工艺，加入水银较多，所以更白亮一些，照人更清楚一些。图案有动物、植物，比如海兽葡萄镜、缠枝牡丹镜等，许多图案吸收了西域文化的元素，所以，与汉以前的铜镜风格大异。第三个盒子里是一块古玉，呈"圭"形，这古玉的年代不会晚，至少是在战国以前了。最后是一个长条锦缎盒，打开一看，是一把青铜古剑，这比白居易在沙堤上拾到的半截铁剑好多了。唐代的文人都喜欢宝剑，日常生活中也有佩剑的爱好，这也是唐代诗人崇尚古代侠客之风的习俗。比如李白的诗里面常有"醉里看剑""仗剑远游"的字句。著名学者夏承焘先生就这个问题还专门有文字论及。所以，我们就可以理解为什么白居易、元稹见到古剑，哪怕是半截残存也会那么兴奋了。

元稹看罢这些古董连声说："不错！不错！"喝完了酒，骑上马，就晃晃悠悠地向着靖安里的元府走去。一路上思着、想着，还为这些商人和古董吟了首诗："估客无住者，有利身则行。出门求伙伴，入户辞父兄。父兄相教示，求利莫求名。……自兹相将去，誓死意不更。亦解市头语，便无乡里情。"为什么没有乡里情呢？"瑜石打臂钏，糯米吹项璎。归来村里卖，敲作金玉声。""瑜石"，"瑜"读"偷"，是一种铜矿，颜色很黄，似金，所以，有些商人就用这种铜打成手饰冒充金器来卖。卖的时候把手饰器皿敲得当当响，"村中田舍娘，贵贱不敢争"。一般人不懂也不敢认为是假的，看上东西就掏钱好了。长安城中的这些商人多数也还是辛辛苦苦正经做生意的："求珠驾沧海，采玉上荆衡。北买党项马，西擒吐蕃鹦。炎洲布火浣，蜀地锦织成。越婢脂肉滑，奚僮眉眼明。通首衣食费，不计远近程。经游天下遍，却到长安城。城中东西市，闻客次第迎。"（元稹《估客乐》）从这几句诗中就可见唐代长安城中的商业是怎样的繁荣。商人四处贩运是为了挣钱，但他们来到长安城中也要消费，这样也就进一步刺激了唐代长安城的经济发展。

想罢商人的生活，元稹当然还忘不了今天见到的几件古董呵："冰置白玉壶，始见清皎洁。珠穿殷红缕，始见明洞澈。其邪无人淬，两刃函壤铁。秦镜无人拭，一片埋雾月。……此物比在泥，斯言为谁发。于今尽凡耳，不为君陈说。"（元稹《谕宝二首》）元稹毕竟是有深厚文化修养的人，也是世家子弟，他对古董的鉴赏与研究是非常内行的。你看懂元稹诗中关于古董赏玩的话没有？白玉要显得清洁是要用水、用冰来衬托的。珍珠要显得洞澈圆润，可用红绳穿过，形成色彩对比便可映衬而出。这些都是关于古董的美学欣赏，但世间多是关心古董能值几个钱的人，诗人能为他们费神谈古董的历史文化价值与美学价值么？

元稹是一位性情耿直的人，有时候近乎倔强。由于他做的是谏言之官，皇帝也喜欢他。所以，见到不合理的人与事元稹总是敢于当面指责。结果，他的直言被当朝的那些实权派所忌讳，硬是找出各种借口，把他赶出长安城，弄到河南当了一个河南尉，让他管理军队。过了好几年，元稹才被调回京城长安委任他为监察御史，在回长安的路上，元稹遇到了一件不愉快的事，又得罪了一伙有势力的人。

元稹从河南调回长安，等走到陕西境内距长安城不远的华阴县时，天已经快要黑下来了。所以，只能在华阴县西二十里的敷水驿住宿。敷水驿就在今天华阴市的罗敷镇。这里是从东路进入陕西后的第一个重要驿站，也是东路商品向北进入同州（今大荔县）、蒲城、合阳、韩城地区的重要集结点。因此，罗敷镇上经常是人流如织、熙熙攘攘，旅店爆满。元稹是官人，当然不用去住旅店了，而是应该去住驿站的。驿站就如今天政府的招待所，是专门为接待来往的官员公差而设置的。元稹马上要上任的官职——监察御史，在唐代基本上就是一个八品的级别。监察御史在唐代多是从新登科的进士中选择果敢刚直者担任，就是敢说话，不怕得罪人。官不大，但他的职能是专掌察视百官，巡按郡县，纠视刑狱，监理仓库等，权力还是挺大的。所以，一进敷水驿的院子，驿站的差役还是给元稹安排了一间较好的上房。

就在说话的这段时间，太阳已经落了山。罗敷镇虽然不在山里面，但紧靠着华山北边，所谓的"山之阴"，所以天还是黑得早一些。跑了一天的路程，车马劳顿，元稹洗漱完毕后也就早早地上床就寝了。

大约刚过二更天，按今天的时间计算大约就是晚上十一点，忽听见驿站院中一阵大乱，有人高声在大喊："腾房，腾房，腾房！老爷要睡觉！"元稹猛的被惊醒，还没等他缓过神来，房门"哐当"一声就被人踢开，"腾房！腾房！这上房老爷要住！"一看这情景元稹的火就大了："你是谁呀你！"元稹腾地起身，用手指着来人的鼻子："这是驿站，官家的地方，你以为是在你村上呢！"来人鼻子里"哼"了一声说："官家的地方？我就是官家！我是皇宫内外五坊使，大将军仇士良！"元稹闻听心中一动，原来是大宦官仇士良，知道今天是遇上硬茬了。以元稹的性格，以监察御史的职责，元稹决心不让步。"我是监察御史！就是专门查办你这种不守规矩的官员呢，你竟敢闹上门来！""哼！啥芝麻大的官也敢说查办我，废话少说赶紧腾房，否则砸烂你的狗头！"仇士良一边骂着，一边用手指戳着元稹的肩头。元稹被激怒了，用手一拨仇士良的手指说：

"你别动手，动手没你的好！"仇士良一听就怒了："没我好咋咧！我先把你开了！"说着抡起拳便打在元稹的鼻子上。这下元稹满脸的花就开了，鼻血流了一脸。元稹转身拾起顶门棍要与仇士良拼命，这时驿站的差役们拥上来把元稹拉出房门外，差役们劝着元稹："元老爷赶快洗洗脸吧，我们给您老换个房子就行，你惹不过大将军！"元稹气得"哼、哼、哼"，但是没办法，一是大宦官仇士良蛮横惯了，不听人话；二是人家官阶比自己大得太多，你也压不住他，所以只好听差役的重新安排了住房。

这一夜没睡成，天刚麻麻亮元稹就起程赶往京城长安。心里烦闷，只管走路，一百来里路，不到黑就回到他靖安里的那座二百年的老宅。元稹睡不着，连夜写了奏折，明天一早他要上兴庆宫告御状。

皇帝上朝的时间都早，天刚透点光亮，朝房就开了。元稹等到皇帝传他上殿后，先是谢旨，感谢皇帝给他安排了监察御史的职务，然后就递上折子，把在敷水驿仇士良抢占房子、殴打他的事说了一遍。皇帝也有点儿不高兴了，埋怨仇士良做事欠考虑，咋能随便动手打人呢。以后立个规矩："台官与中使先到驿者处上厅，因为定制。"先来后到！皇帝并没有处分宦官仇士良。元稹的一帮朋友可不干了，白居易、李绛连上了几道奏折，指责仇士良。但仇士良的势力多大呀，没过多久就让当朝宰相以元稹年轻不会处理冲突、没有展现国家公务人员的威颜有失身份为由，把元稹贬到江陵充当了曹参军。这当然是旧事重提，是个说法。主要是元稹任监察御史去四川东川地区按察刑狱事，弹劾了不少违法的官员，被人忌恨而有此难。这一贬就是十年，从唐宪宗元和五年（810年）至元和十五年（820年）元稹就一直在长江流域的县上当个小官。

唐宪宗去世后，穆宗李恒继位，由于李恒喜欢诗歌，读过元稹的诗，加之元稹的朋友崔潭骏将其百十篇诗作进奉给穆宗皇帝，皇帝大悦，就把元稹调回京城封了个翰林承旨，后又升为中书门下平章事。"中书门下"是唐代中书省主要的议政机关，"中书门下"的长官称为宰相，平章事相当于副宰相。回到长安，元稹的心情得到了安抚，与朋友能够聚会游玩，诗歌文章就有了新的创作。

元稹和白居易的关系好，他们又都居住在大雁塔、曲江附近。在唐代，那里是诗人们经常见面宴游的地方。春游是唐代长安人最喜欢做的事情，特别是农历三月初三前后，朝廷还要给在京城长安的大臣们放假十天，这正可当作春假。诗人们当然不会放过这样大好的春光。"小年闲爱春，认得春风意。……霞朝澹云色，霁景牵诗思。渐到柳枝头，川光始明媚。……闲行曲江岸，便宿慈恩寺。扣林引寒龟，疏丛出幽翠。凌晨过杏园，晓露凝芳气。"无疑,在唐代长安城中最好的游春之地就是城郭内东南角的曲江与乐游原。因为这里有山有水,特别是曲江池北边的乐游原,那是全长安城中地势最高的地方。站在那里沐浴着春风,南可以远眺郁郁葱葱的终南山,北可观气象宏大、房屋鳞次的长安城。难怪,从汉代开始乐游原就成为皇家的后花园与宴游之地。

自大雁塔上向南望

除了在曲江边上的杏园花树下饮酒,在慈恩寺登大雁塔观景,与和尚高谈阔论,元稹他们每年春天还必定相约要去永寿寺看牡丹。过去,说到唐代长安城中的牡丹花,人们一定会想到兴庆宫,想到沉香亭。沉香亭下的牡丹固然好看，但那是给李隆基与杨贵妃看的，别说一般百姓，就是国戚朝臣也不是想看就能看到。但是到永寿寺看牡丹就没有限制了，永寿寺在元稹所居住的靖安里北边。紧挨着的永乐坊内，基本上就是在今天二环路公路学院南区的里面。永寿寺是唐中宗李显于景龙三年（709年）为其早逝的女儿永寿公主所建的祈福场所。因此，建筑、布局、园林都很有皇家的感觉。元稹《与杨十二、李三早入永寿寺看牡丹》诗这样描写永寿寺的景色："晓入白莲宫，琉璃花界净。开敷多喻草，凌乱被幽径。压砌锦地铺，当霞日轮映。蝶舞香暂飘，蜂牵蕊难正。……"诗没读完，花香已经飘出来了。掩卷回味，不忍卒读，这大概是喜欢读书的人遇上好文章共同的心态吧。

永寿寺里不仅有精美的建筑和飘香的牡丹，永寿寺大殿内两侧墙上还有唐代著名画家吴道子画的壁画呢。吴道子是唐代著名的人物画家，有"吴带当风"的美誉，而且影响了一代画风。要说长安城的绘画历史，吴道子或可称为"长安画派"的老祖宗呢。

在长安城朱雀大街南端的道德坊里，有一座开元观，原为隋秦王杨浩的宅第，唐玄宗的金仙公主也曾在此居住，称为女冠观，开元十年（722年）的时候又改为开元观。这也是长安城中春日游玩的好去处，而且能够提供住宿，在长安生活过的绝大多数诗人都曾写过有关

位于今西安城内钟楼东侧的开元寺，今已不存

开元观的诗歌。元稹从小生活在长安城中，没有例外，元稹也写过不少有关开元观的诗作，其中有一首《开元观闲居酬吴士矩侍御三十韵》，不仅写出了开元观的环境、特色，而且记述了开元观道士做法事时的情景。这不仅可以让今天的人们了解唐代人生活的状态，也为宗教学研究、民俗学研究提供了生动的资料。下面我们就一段一段来欣赏这首诗。

"静习狂心尽，幽居道气添。神编启黄简，秘篆捧朱签。"今天我们常能听到许多人说去寺院里"禅修"，这当然也是现代人生活方式之一种，也是一种文化现象，没什么需要褒贬的，但有一点让研究文化现象的人关注的就是：许多人都是去寺院参加"禅修"，很少听说有人去道观参修。这大概是道教与佛教的生存方式、传教特点的差异吧。道家注重个人修养，似乎不太有积极传教与广收弟子的活动。佛教则因为有"大乘""小乘"之说，要普渡众生，一声"阿弥陀佛"便结佛缘，来得简单，所以，信众就显得多一些。在古代，文人们的学问是儒、释、道三家都会涉及的，没有儒家学问你就不能参加科举，就不能进取，读书人也不能因此而改变命运；没有佛家常识理论你就无法了解变通民众的处世心态与生活的终极目标，不了解民众的心理与习惯，也就无法管理施政，也就谈不上有什么"政声"了；道教是中国传统的宗教，道家的养生理论是中国古代文人最为看重的，常见明清的文人学者在文章中提到："人生过了五十岁就应该读一读《遵生八笺》了。"延年益寿不是为了获得更多的享受，而是为了尊重生命，顺应自然。

所以，元稹在很年轻的时候就去开元观参修了，那时候把去道观参修称为"静习"，一个"静"字说出了道家修养的核心秘诀。

佛家、道家都常在寺院道观中做法事，那么唐代长安城道观里的法事是怎样一种情景呢？元稹的诗里是这样描写的："登坛拥旄节，趋殿礼胡髯。"开元观中的道士登坛做法，自然有各色旗帜导引相拥，上法台一亮相，然后就要去大殿里参拜唐玄宗的画像，那时长安开元观里悬挂的唐玄宗画像大约也是吴道子画的吧。除了一般皇帝画像所具有的朱衣博带、凤眼龙准之外，唐玄宗这幅画像最大的特点就是胡须。一般中国人最标准的胡须形象就是"五缕须髯散满前襟"，而这里，元稹称唐玄宗的画像上是"胡髯"，"胡髯"就是从西域来到长安城中胡人须髯的样式。

我们知道，唐代是中国与中西亚诸国交往最频繁、最兴盛的时代，当时京城长安是最能包容外来文化的国际大都市。中亚、西亚商人们聚集的西市、波斯胡寺、景教寺，还有那著名的《大秦景教流行中国碑》以及胡人入籍仕唐，等等，都是唐代长安城国际化的体现。唐玄宗的胡须不似传统的"散满前襟"，而是将上唇胡须两头向上翘着，就如胡人的形象，故称为"胡髯"。可见外来文化不仅影响了普通民众的生活，连皇帝也在赶时尚。"醮起彤庭烛，香开白玉奁。"道教最隆重、最重视的祭祀天神仪式，或为众人消灾祈福的仪式称之为"醮"。"打醮""醮祭"，俗称做法。仪式开始时首先要燃起红蜡烛，取出白玉匣中放置的沉香点燃插在香炉里，而后主祭的道士手执宝剑开始做法。道士手执宝剑做法大约有两层意思：一是为显示威力，因为宝剑可以斩除一切妖魔鬼怪。二是为彰显信义，因为古代结盟时多以宝剑为凭信，祭出宝剑以示曾与天神结过盟，天神自会出来协助驱邪。家伙道具都摆上来，下面就要施法了。"禹步星纲动，焚符灶鬼詹。"估计大家都看过京剧《借东风》吧，剧中人物诸葛亮身披八卦道袍，手执七星宝剑，迈着方步，一步一摇地上台下台，那形象就是做法事的道士，那步伐就是"禹步"。据说这种步法是夏禹用天上北斗七星排列的形状而创造的步伐。踏着"禹步"来回走动以示星斗转移，以此召唤神灵。走上一阵子"禹步"，下来就要把道符插在剑尖上焚烧了，道符一焚烧，鬼神就会按照烟火所发出的信息来到面前。"詹"，唐代关中方言有"到""至"的意思。鬼神到了，你该问啥问啥，该让干啥他们就得干啥，因为道士曾与上仙玉帝有盟约，遇事可以请各路神仙来帮忙。法事做到这个时节道士嘴里肯定都会振振有词，诉说着现在都有什么神仙到来，有时还要介绍他与这位神仙的关系。比如与神兽飞廉在华山上喝过酒，让他来他就来；与素女也有些关系，她来了就能手到病除，等等。诉说吟唱的这一段是道家做法事的重头戏，水平高低全在此了。请罢神，告完事，求神的人就可以领些供品、香灰之类神物回去辟邪祈福了。

唐代道士的做法程序似乎与现代相差不大，只是诉说词不同而已。唐代人说唐代人熟悉的神仙人物，现代人说现代人熟悉的神仙人物。比如元稹诗里提到的飞廉、貂蝉等，现代人就不熟悉他们的神灵功力。而现代人可能就会请张三丰、红灯照之类，甚至还有当红艺人的名字，请他们来帮忙驱除妖邪。

　　唐代的时候，长安城中寺院里的和尚、道观里的道士都喜欢陪着这些诗人饮酒作诗，可见他们文化水平是很高的，所以唐代能编出一部《唐高僧传》来。"花满杏园千万树，几人能伴老僧行。"（元稹《伴僧行》）"古寺春馀日半斜，竹风萧爽胜人家。花时不到有花院，意在寻僧不在花。"（元稹《古寺》）你知道这些僧人里都有些什么样的人物吗？"四十年前马上飞，功名藏尽拥禅衣。……三召思明三突围，铁衣抛尽纳禅衣。天津桥上无人识，闲凭栏干望落晖。"（元稹《智度师二首》）原来都是些有功名的人呢。

大雁塔下之庙

除过陪伴高僧闲游，诗人们总是喜欢相约在一起天马行空，自由自在地在长安城中漫步，他们认为这种相聚、宴游对人生、学问都是很有益处的。"多闻全受益，择善颇相师。脱俗殊常调，潜工大有为。……还醇凭酎酒，运智托围棋。 情会招车胤，闲行觅戴逵。僧餐月灯阁，酿宴劫灰池……"元稹自注此段诗曰："予与乐天、杓直、拒非辈多于月灯阁闲游。又常与秘书同官酿宴昆明池。"（元稹《酬翰林白学士代书一百韵》）

"月灯阁"，地名，今写作"月登阁"，在唐长安城东延兴门外数里处。唐高祖武德年间于此处建楼阁，以供贵族皇亲出游时观灯赏月。后来，每至清明时节，长安城中人有出延兴门洒扫身上尘土，以除百病的风俗活动。长安人也多有携亲友出城围观的习惯。这时，当年的新科进士则在月登阁上设打毯之宴。这种打毯之戏有点像今天的门球，球进门内，以贺自己进第高中了。从元稹的诗句里看，月登阁到中唐德宗、宪宗以后变成了寺院，所以，才会有僧人为这些诗人备饭做菜呢。"月灯阁"改为"月登阁"后，名称今天仍然存在，但变成了一个村名。月登阁村在今东三环西边浐河西岸。当然，唐代所建的月灯阁早就不存在了，但不知那清明节除百病的洒扫习俗还进行么？

元稹诗中有一句"酿宴劫灰池"，而在自注文字中又称"尝秘书省同官酿宴昆明池"。"酿"，读如

"据"，就是大家凑钱买酒的意思，用现代的话说就是"ＡＡ制"。但把昆明池称为"劫灰池"却是不太多见的。传说汉武帝开凿昆明池时挖出了许多黑土，有人利用佛教的传说，说这是世界万劫时留下的余灰，所以把昆明池又称为"劫灰池"。昆明池位于今西安市西南的斗门镇，这一带是西周首都丰镐的所在地，也是商代早期先民的居住地。二十世纪九十年代，乡民曾在昆明池边发现了数处巨大的先民生活遗迹，其中除了有大量的生活废弃物外，还有不少经过打磨切割成鱼形的贝币。这些贝币长9～10厘米，宽3～3.5厘米不等，有三四毫米厚，个别贝币上似乎还有文字形状的划痕。当时，北京古陶文明博物馆馆长路东之先生曾得到数十枚这样的贝币，对于贝币上的刻痕，路先生来我处多次考证、释读而终无结果。后来他回北京请教古文字学家李学勤先生，李先生认为这贝币上的刻痕为后人所刻画，并不是商周文字，而这种贝币则是商代早期物品无疑。昆明池边所出贝币有厚度、有长度，表面光洁并且流彩纷呈，长安地处内陆，内陆河流中似乎难以生长出这样厚度的贝类。这些贝币如果是长安当地所制作，那么作为流通货币，它的发行者是谁，又属于哪一个部落，哪一个族裔，哪一个王朝？如果是外来货币，如此大数量的贝币拥有者又是谁，做着何种商品的交易，他们的流通渠道又是怎样的？这些历史谜团什么时候才能够解开。

　　元稹在唐代诗人中似乎没有李白、杜甫、白居易的名气大，但是要提到"曾经沧海难为水，除却巫山不是云"的诗句，提到传奇故事《莺莺传》，即后来改编成家喻户晓的《西厢记》剧作，那你一定会说，再熟悉不过了。作者是谁？作者就是元稹元微之。

《莺莺传》的故事情节与后来改成《西厢记》的故事情节有相似之处，都是说在唐贞元年中为避军乱，有一称为张生的年轻人于山西蒲州的普救寺遇一年轻美貌的女子莺莺，互有爱慕之心。虽莺莺母亲相阻，但得到丫鬟红娘的帮助，二人于西厢得以幽会。军乱平定后二人各走东西，后来张生另娶，莺莺亦嫁，张生到莺莺出嫁之地想再见一面，莺莺婉辞，坚不出见，张生只好懊悔而去云云。前人在谈到《莺莺传》的时候，有人说故事中的张生即张君瑞，有人说张生即元稹的朋友，诗人张籍，还有人说这个张生即元稹本人，莺莺的母亲即元稹的姨母，莺莺是其表妹，所以《莺莺传》中才有"求以外兄见"之语。现代学者陈寅恪《读莺莺传》一文中亦认为"张生即微之之化名，此固无可疑"的结论。读过几遍《元氏长庆集》，本人也以为张生应是元稹的自谓。

通览元稹的为官经历，除了在京城长安几年，以后，曾当过河南尉、按狱东川、同州刺史、武昌节度使等，均无有路经蒲州参观普救寺的可能。但元稹何以将《莺莺传》的故事场景放在普救寺呢，这确是为了避免人们的猜疑与保护个人的隐私。在唐朝时，寺院平日里是可以留住客人的，而且是负责食宿。在战乱时，寺院又有避护所的功能，许多人可以进庙宇内避难。元稹对寺院里的生活习惯、场景布局太熟悉了。他十八岁时就入长安城中的开元观静修，中进士为官后去寺院赏花，与僧人游宴成为常事。所以，把《莺莺传》的故事放在寺院里，既是合情合理，又可驾轻就熟。

元稹在官场上以直谏敢言著称，因此，也数度被贬。但作为诗人，元稹又有温情、亲情、友情的内心世界。在《答姨兄胡灵之见寄五十韵并序》中写出了他与同辈兄弟姊妹们"十数人为昼夜游，日有跳掷"的儿时乐趣。"早岁颠狂伴，城中共几条。有时潜乐出，连夜小亭眠。月影侵床上，花丛在眼前。今宵正风雨，空宅楚江边。"（元稹《寄胡灵之》）这又回忆了与表兄半夜潜出家宅去外面游玩的情景。在《元氏长庆集》的《补遗》部分，收录了元稹数十首反映温情的诗作。其中《杂忆诗五首》是写给一位名叫"双文"的女性挚友的："今年寒食月无光，夜色才侵已上床。忆得双文通内里，玉椸深处暗闻香。"（之一）"花笼微月竹笼烟，百尺丝绳拂地悬。忆得双文人静后，潜教桃花送秋千。"（之二）"寒轻夜浅绕廻廊，不辨花丛暗辨香。忆得双文笼月下，小楼前后捉迷藏。"（之三）……在这五首杂忆诗里，每首都有"双文"的名字。另外，还有一首专门为双文而写的诗："艳极翻含态，怜多转自娇。有时还自笑，闲坐更无聊。晓月行看堕，春酥见欲销。何因肯垂手，不敢望回腰。"（元稹《赠双文》）这个"双文"是谁呢？难道就是《莺莺传》中崔莺莺的原型？元稹曾经也写过一首《莺莺诗》，不敢说是怎的悲欢离合，却也是情意绵绵，让人心动的。前人说《莺莺传》是元稹的自谓，读过这些爱情诗，大概就不会有人再去怀疑此说了。

元稹一进官场，一进兴庆宫的朝堂上，看见那些官吏的言行、嘴脸，他就会气不打一处来，该上奏的上奏，该弹劾的弹劾。不料，后因裴度被杀一事被贬到陕西东部的同州府当了刺史。白居易在给元稹的《墓志铭》里这样写道："谪瘴乡凡十年，发斑白而归来。次以权道济世，变而通之。又龃龉而不安，居相位仅三月，席不暖而罢去。"

元稹真是够坎坷的了，这次被贬同州又转去任武昌节度使，数年后就得病逝去，年仅五十三岁，也就再也不能回到京城长安，不能回到元氏在长安城中靖安里二百多年的老宅了。

病眼能观长安事

胸襟怀古张文昌

　　唐代诗人张籍，字文昌（约766—约830年），苏州吴人，又一说为安徽和县乌江人。唐德宗贞元十五年（799年）进士及第，历官太祝、秘书郎、国子监博士、水部员外郎、国子监司业等。所以，后人又以其最后的职务称张籍为"张司业"。

　　张籍在当时的长安城中，以能继承乐府诗的古朴风格，能接李白、杜甫诗的雅韵而闻名。有人把他与唐代善于作乐府体的诗人王建并列，称为"张王乐府诗"，甚至当时还有人把张籍与大诗人韩愈并称。张籍在他的《祭退之》一诗中自言道："……公文为时帅，我亦有微声。而后之学者，或号为韩张……"但可惜的是，今天的读者大多知道韩愈，而对张籍、张文昌、张司业的事迹、诗文知之甚少，甚至读不出一句张籍的诗作名句来。幸好，我们在上初中的时候，曾在语文课本后附有一首张籍的《野老歌》："老农家贫在山住，耕种山田三四亩。苗疏税多不得食，输入官仓化为土……西江贾客珠百斛，船中养犬长食肉。"那时候语文课本上的文言文不多，古典诗歌就更少了。每个学期能读到一两首古诗，那是会倾注很大的兴趣和精力的。所以，放学归来，左邻右舍的同学总会聚在一起，讨论诗中的"贾客"为什么要读"估客"而不读"假客"，"船中养犬长食肉"的"肉"应读"人"而不能读"牛肉"的"肉"声。说来说去这首诗就深深地印在脑子里了。数十年过去，张籍的名字早已模糊，而《野老歌》却能一字不差地背诵下来。

当然，张籍的一生不仅仅只有《野老歌》，据唐史记载，张籍的诗作有七卷千余首，但是，到了明万历年间所刻《唐张司业诗集》时仅存下三百余首了。目前收录张籍诗最多的是中华书局上海编辑所1959年1月出版的《张籍诗集》，共收诗文四百五十首，这大约是张籍传世至今最全的版本了。

张籍唐贞元十五年（799年）进士及第，在长安城中当了一系列的小官，有二十几年的时间他都是在长安城中度过的，因此，他的诗歌里记录了许多唐代长安城的风土人情。在他的那些诗友白居易、元稹、贾岛、孟郊、王建以及亦师亦友的韩愈等人的诗文中，时时亦可见张籍的为人与风采。

张籍在长安城的二十几年里，大多数时间是居住在朱雀大街西边较为偏僻的延康里之中，就是前文说过白居易冒着沙尘，骑着白马去探望他的地方。延康里位于今天西安市太白北路之西白庄东村与西村一带，它离当时长安城中最宽阔的大街——朱雀大街还隔着一个街区，这里偏僻、安静，但稍显荒凉。张籍在他的诗中这样形容他在延康里的僻居生活："西街幽僻处，正与懒相宜……"（张籍《酬韩庶子》）"多病逢迎少，闲居又一年。药看辰日合，茶过卯时煎……"（张籍《夏日闲居》）张籍来到长安城后不久就得了病，后来有三年多的时间里，他的眼睛几乎看不清东西了，有人说是消渴症，也就是今天所说的糖尿病。没办法，有了病就得吃药呀，按照古代中医的讲究，把数十味草药合在一起煎煮是要符合一定程序和时辰要求的。我们在唐代的医书《外台秘要》中常常能看到这种叙述，比如《外台秘要·三十三卷》上"美容美发"一方："右十一味切，以酒渍一宿，以炼成猪脂四斤内铜器中，向东炊灶中煎三上三下。膏成绞去滓，拔白者以辰日涂药，皆出黑发，十日效。"中国古代的医方是要求你按着节令、按着时辰、按着方向去煎药的，这里面除了有草药药性的因素外，用一些特殊的要求使人郑重其事，严格工序，免得出错，这或是中国古代医药行业的特点所致，毕竟药可以医人病痛，也能致人于死地。所以，见古人医方里有节令、时辰、方向的要求，甚至有咒语，并不一定非要斥之为迷信、愚昧，这是古人根据当时的社会状况，对自然规律的认识程度而产生的生活态度与生活方法，仔细分析的话，它的内在逻辑性还是存在的。

张籍在长安城偏僻的延康里小巷中养病，烦闷了也是会招几位好友到他的家里来饮酒谈诗的，白居易有时候去，元稹有时候也去。这一天，张籍给元稹写了一首诗作为请柬让人送去，说我这里安静得很，没有吵闹声，而且门口就有卖酒的，很是方便，你赶快来吧！这个时期元稹还在靖安里住，距延康里大约有五个街坊，应该说不算太远。上午退朝回家后，元稹就换了衣服骑上马，不用半个时辰就来到了延康里。离张籍的宅院还有一百米的距离时，元稹就闻到一股浓烈的中药味飘了过来，元稹心里笑道："要找张籍的家还真不用犯难，闻着药味走就行了。"元稹推门走进张宅，只见张籍正在前院井边摇着辘轳打水呢。

　　唐代时，长安城中的居家院落里几乎都有水井，那时候长安城中的井水并不像宋元以后，多是苦水。唐代时的长安城中有六七条引水渠纵横全城，这些渠把终南山峪口里的泉水引入城中，比如城东南给曲江池注水的黄渠，黄渠从南山峪口起，先将山泉引到曲江池，然后再向北延伸，兴庆宫、大明宫、皇城内宫都有黄渠引来的水注入。在长安城正南，还有春明渠、永安渠，从沣峪口出来向北，沿着现在的西万公路、太白路、边家村，从如今的西门进入，再流到皇宫大内。从长安城西的金光门向东，横贯全城有一条漕渠，直到通化门与黄渠汇合，这道漕渠不仅为长安城提供了用水，也有城市交通运输的功能。众多的渠水在长安城中纵横交错，为长安城中宅院里的地下水提供了水源，也改变了水质。所以，唐代长安城中的井水不会是苦的，因为其中充满了终南山流过来的清泉。

　　张籍在井边一下一下地摇着辘轳，唐代的辘轳不像后来的水井辘轳是安在井台上的。唐代的井边大多是不砌井台的，那时候是在井上两边各安装一个交叉的木

长安城西门内大井的全景

架，上面横担一木为轴，绞水的辘轳就安装在这横木
上，水桶对着井口放下去就可以了。过去，长安城中的
水位很浅，差不多一米五就能打上水来。张籍正在打
水，看见元稹进来就赶紧招呼："快进来，快进来。"
然后转身对房内喊道："童儿快泡茶！"说着就把元稹
让到院中的小桌旁。"唉呀元兄，有一个好事情我正要叫你来看呢！"张籍兴奋地说。"啥好事？"元稹问。"我这井近来出水不利，水质也有点浑浊，想是井底淤泥多了，前天让淘井人来淘了一下，你猜，淘出来了什么东西？"张籍眯着眼睛对元稹说着，还不停地摇晃着头。元稹看了张籍一眼说："难道是你挖出了一块狗头金不成？"张籍闻听哈哈大笑："狗头金倒没有，但挖出来了一柄古代金钗，你来给看看。"元稹懂古董，这在当时长安城中已经是有了名的，朋友们得到啥稀奇古怪的东西总是要请元稹来看看。元稹接过金钗观看，见是一柄四五寸长的金凤钗，上面纯金掐丝而成的凤凰身形舒展，颇有动感，造型颇有古意。凤凰身上原来应该镶有绿松石之类的饰物，可惜已经脱落，只留下了些许痕迹。"这是一件好东西，看这做工、样式，应该是隋唐之间的器物。"元稹指着金凤钗的背面说，"这里应该有两股钗，可惜断了一根，不能使用了。"张籍说："就是能用，家中的女眷们也看不上，她们说这不合时尚。几百年的古董还是留着观赏的好，就别使用了。""古钗堕井无颜色，百尺泥中今复得。凤凰宛转有古仪，欲为首饰不称时……"（张籍《古钗叹》）我前面说长安城中的井打一米五左右就有水了，张籍的诗中却说"百尺泥中"，我们相信那只是诗人的形容词而已。

当然，把元稹招来不仅是看这柄断了足的金凤钗，喝酒肯定是要有的，作诗肯定是要有的。顺便张籍还拿出来了其他藏品：带铭文的铜镜，汉朝的；木简上写的药方，晋朝的。另外，还有几张隋唐名人写的信札墨迹。唐以前造纸术还没有得到充分地发展，没有大尺幅的纸张可以让书法家、文人墨客来挥洒，对于丰碑大碣的书写，或用拼接的纸张，或直接用朱砂、墨汁书写上石，然后直接刻凿。特别是晋朝的时候，禁止士大夫树立大型墓碑，也不准许题写巨幅大字。因此，世大夫文人阶层为了表达自己心情，常常采用书札问候的形式来完成，来满足自己书写的愿望。这种风尚一直延续到了唐宋之间。所以，隋唐人特别喜欢书写、收藏书札和诗札。书札、诗札尺幅虽小，但内涵丰富，它不仅能反映出书写者的文学水平，同时也能展现出书写者的书法水平。唐代出了许多大书法家，比如褚遂良、虞世南、欧阳询、颜真卿，引领了文化时尚，他们开创了一代书风，同时也特别懂书法。

元稹接过张籍递给的诗札一看："哎呀，这不是南朝诗人鲍照写的吗！"元稹细细地看了几遍后说："这太珍贵了，看看这书法写得多么飘逸，真可见六朝人洒脱不羁的心性，比我们唐朝人推重的颜鲁公书法要美许多呢。只是这鲍参军的乐府诗写得松散了一些，不如他律诗写得俊逸。"这段感慨元稹在他的长律《代曲江老人百韵》中也曾写出："……李杜诗篇敌，苏张笔力匀。乐章轻鲍照，碑板笑颜峻……""颜峻"就是说颜真卿所写的碑刻文字太严整了，不潇洒活泼。一个人有一个人的看法，这无可非议。但我们还是要以书写作品的内容和使用环境来分析的，严肃的家庙，墓园的神道，这类刻石当然还是峻整一些的好。

元稹看了诗札，也看了铜镜、木简，他是如何评论的呢，我们没能听见。但是从张籍的《和左同元郎中秋居》诗里，我们依然看到了张籍、元稹这次见面的快乐场景："有地唯栽竹，无池亦养鹅。学书求墨迹，酿酒爱朝和。古镜铭文浅，神方谜语多。居贫闲自乐，豪客莫相过。"

张籍得了眼病前后有三年之久，近来刚刚好一些，他就去拜访大诗人韩愈了。后世的史书或诗集在介绍张籍与韩愈的关系时经常说，张籍是韩愈的大弟子云云。其实，张籍来长安城科举以前并没有跟韩愈学过什么，唐贞元十四年（798年）张籍经孟郊介绍在河南汴州认识了韩愈，韩愈推荐他进京考试，并于贞元十五年（799年）登第成进士。在古代科举的时代，不论乡试、殿试，参加科考的举子都把当年的主考官称为老师，而同年考中的举子都互称为同年或同门。张籍经韩愈推荐而进士及第，当然要对韩愈执弟子礼了。唐宪宗元和年间，张籍积极参加了韩愈、柳宗元等人发起的"古文运动"，在这次运动中，韩张二人几乎齐名。宋人刘成德在《唐司业张籍诗集序》中也曾说："张籍出入门下，昌黎厚友。"可见，韩张二人亦师亦友的关系。所以，张籍的病刚好，首先肯定就要先去韩府拜访。韩愈

的府第在长安城南　的靖安里，诗人元稹、丞相李宗闵都在这里居　，后来张籍也迁居到了靖安里。关于韩府的情况，后面写到韩愈时再做介绍，但我们从张籍的诗里先有个印象："三年患眼今年校，免与风光便隔　。昨日韩家后园里，看花犹似未分明。"（张籍《患眼》）韩府很大，花园也很美，可惜张籍的眼睛不好，没有把韩愈家的后花园的美景给我们看清楚，说明白。

在长安城的几位朋友中，张籍最喜　去乐游原上白居易的家。张籍住在城西，白居易住在城东，虽然相距稍远，但天气晴好的时候，骑着马不用太久就能到达。这天，天朗气清，惠风和畅，这是长安城春深时节少有的没有扬尘的日子，张籍　门准备去安邑里拜访白居易。今天，张籍没有走兴化里北边的那条路，而是向北，过两个街区，走皇宫南边的大道，也就是今天西安环城南路贯通东西方向的大道。一是这边道路宽阔，少有尘土；二是趁着天气好也可以观赏一下皇城边的风景。当张籍走到含光门时见到许多工人正在修筑城门，不时传来"嗨哟、嗨哟"的打夯声。含光门在隋代时就是皇宫南城墙的重要通道，唐代几百年间曾数次修筑。张籍今天所见到的只是唐代历次修筑中的一次。

"打一夯，嗨哟！又一夯，嗨哟！夯夯打在，嗨哟！土地上，嗨哟！"在筑城门工地的中间，有一个大的夯木，夯木是一个直径五十厘米左右的木桩，高近两米，两边侧装有竖立的圆柱体把手，夯木的下方安着一圈环子，环子上拴着长绳索。打夯时两个主夯人扶着夯木上的把手，上下用力，一步一步地向前挪动夯木，其他人则用绳索用力拉起夯木，使夯木紧密无隙一尺一尺地砸在地上，扶把手的人一般是工匠头，干活时由他们领着高唱打夯的号子，而其他拉绳索的工人只是"嗨哟、嗨哟"地和着。

夯木就是古代的压路机，这种众人合力的辗压工具在二十世纪七十年代时还在使用呢。除了众人用力的大夯木，还有一种单人使用的小夯木，工地上称为"杵子"，长安地区也有叫"捶子"的。"捶"在关中方言里，以普通话发音的方法应该读第四声。这种"杵子"就是一根粗约十厘米、高约一米的木头上面装一横把，便于两手操作，下面安装有用铁或石头制成的锥形头。当然，这种锥形头不是尖锐的，而是圆弧形的。在筑路或筑墙时单人一杵一杵地挨着砸就行了。这种杵子在农村筑土墙时太实用、太方便了，所以，现在关中农村许多地方还在使用。"筑城处，千人万人拖把杵，重重土坚试行锥。……力尽不得休杵声，杵声未定人皆死。家家养男当门户，今日作君城下土。"（张籍《筑城词》）古人做工多不容易，我真想，把这首诗推荐给城墙管理和保护部门，让他们在展示古代城墙的遗迹，展示那城墙下杵痕点点的坑洼时，一定也要让今天的观众知道：辉煌是要有所付出、是要有所牺牲的，感叹辉煌的同时，也应惋惜为此而逝去的生命。

张籍顺着皇城边大街向东走，到了平康里一带时人流就显得多了起来。平康里在今天西安城南和平门外至建西街、建东街，东濠村与杨新街之间，因为距离皇城大内和兴庆宫较近，这里居住了不少达官贵人，比如李林甫、孔颖达、褚遂良、裴光庭等。在平康里以李林甫的府宅为最大，最豪华，李林甫是唐玄宗时代最显赫、最有权力的官员之一，曾任御　中丞、礼部尚书、宰相等职。按唐朝的官仪制度，御史以上府门前可以树十二杆大戟以为仪仗，以表威仪。但到了后世渐渐地将十二杆大戟简化为一根旗杆树立在府门前，再到明清时期，达官贵人的府门前以及府衙、县衙前多不树旗杆，而将原先的十二杆大戟衍化为栅栏及门前牌坊上端的立柱，安装在府门前廊两侧栅栏上的尖形与牌坊上的立柱，正是古代枪戟的演变和象征，所以，后来也有将大门前牌坊称为"戟门"的。

张籍来到李林甫府宅的时候，李林甫已经去世五六十年了，府宅门前也有些荒凉。"长安里中荒大宅，朱门已　二戟……"（张籍《伤歌行》）当然，虽说李林甫的府第已无当年的奢华，但高宅大院的建筑还是很有气派的，新主人恐怕也不是一般的人物。平康里这一带不仅住宅豪华，商业也很发达，有关衣食住行的商品样样都有。唐朝长安人的穿衣和五六十年前西安人穿衣习惯相差不多，绝大多数的衣服都是去裁缝铺制作，这既可以节省布料、节省金钱，当然也是为更能合身一些，时尚一些。前面说过，张籍去乐游原拜访白居易已是春天了，春天就要换春衣，这时，平康里路边的裁缝铺就开始热闹起来。古时，一般家中做衣服的布匹都是白色的，想要有各种色彩，除过有专门的染坊外，大多数裁缝铺也代为染色。所以，唐代长安城裁缝铺裁缝的手上常常都是青紫花红，很难看到本色。说到这青紫花红的手，不禁就要让我想到我的外祖母。从我记事的时候，大约是二十世纪六十年代吧，外祖母和我们住在一个大院内。每年春节过后，外祖母就会在院子中间支上火炉，坐上铜盆，里面注入清水、盐和染料的汁液，染料多是一种膏状小袋，上写着"牧羊牌"，图标上是一位女士抱着一只小白羊。那时候使用最多的就是黑色与蓝色。我记得并不是因为家里买来了白布需要染成蓝色或黑色，而大多是将拆洗下来的旧棉衣内里外罩，以及春季即将换上的夹衣放入铜盆内染的。衣服要在铜盆里不停地翻转，大约过半小时捞出，再用清水漂洗一遍，然后晾干，这样旧衣服就会显得鲜亮许多。外祖母常常一边染衣服，一边会说："旧衣服不能经常染，染多了就会糟烂的。"但每年春天她依然会在院中支上火炉，坐上铜盆染衣服，并弄得满手都是蓝黑色的。

　　唐朝时青紫花红的手与现代蓝黑色的手现在已经看

不见了，这种染衣服的习俗在长安城中延续了千百年，随着社会的发展也近于绝迹。我们现在说这故事，回忆其中的情节，并不是要回到过去，而是想说：一种传统习俗、一种传统文化的延续一定是会随着时代的发展而有所改变的。我们回忆过去的事情，研究过去的事件，目的就是让我们明白：我们的文化习俗、思想是从哪里来的，我们承载着这些习俗、思想，并让它裹挟在我们的内心深处向前行进着，还是把它做为一种经验、一种快乐陪伴着我们走向未来。这大约也是民俗学研究所要关注的问题。

"皎皎白纻白且鲜，将作春衣称少年。裁缝长短不能定，自持刀尺向姑前。复恐阑膏污纤指，常遗傍人收堕珥。……"（张籍《白纻歌》）还是读一下张籍的诗，让我们的思路回到唐代长安吧，回到唐长安城的裁缝铺吧。那时的裁缝铺不仅给人裁制衣服，代染纻布，他们还常常自己设计一些服装服饰，变化一些色彩搭配或者学习别人一些样式，以此来引领时尚，促进自己的生意。各位，这可真不是我瞎编，这是唐代诗人张籍说过的。

有一次张籍去元稹家拜访，走进书房，只见元稹戴着一顶黑色的方形纱帽，样式极新颖漂亮。张籍问："你这顶帽子在哪里买的？这做工、这样式外面可从来没见过呀。"元稹说："外面市坊上哪里能有呀，这是我前几天才设计出的样式，全长安城就这一顶，外面怎能见到。"张籍闻听不禁激动地说："唉呀，怪不得样式这么特别呢，原来是你设计的。那你能不能借我一下，让我去裁缝铺请他们照着这样子给我也做一顶。"元稹急忙说："不行，不行，我就是怕裁缝铺的那些人看见，你让他们仿制了，不用一月，满长安城都是这种黑纱方帽，你说，都成'街帽'了，我们戴着还有什么意思。"元稹驳了张籍的面子，后来又觉得于心不忍，就让人把这顶纱帽送到张籍家，算是送给他了。张籍为答谢元稹，还作了一首诗呢："黑纱方帽君边得，称对山前坐竹床。唯恐被人偷样剪，不曾闲戴出书堂。"（张籍《答元八遗纱帽》）

从皇城南大道向东，过了平康城就是东市，这里是唐代长安城最大的商业区。除了众多的固定商铺，广场上每天还有不少流动摊贩，以及各种游艺、赌博摊点等。这里距皇宫大内近呀，所以，那些整日无事的皇亲国戚，那些年轻的羽林军兵经常会来这里游玩喝酒，参与斗鸡之类。"日日斗鸡都市里，赢得宝刀重刻字。"（张籍《少年行》）他们要是赌博输了钱，连自己身上配带的宝刀也会押上去，别人赢得了宝刀，当然要把刀上刻的名字磨掉，重新刻上自己的名字。对于长安城里这么大的商业市场，有钱人要来，普通人当然也要来，因为有了众多的顾客才能维系这么大的市场。在东市里，除了日用百货、酒肆茶馆以外，还有一种生意非常好的店面，就是书铺。东市北边紧挨着就是兴庆宫，唐朝的翰林院就设在这里。出入的文人学士多，加之每年清明节科举后，要在兴庆宫南门张榜发告，唐朝时称为"放牒"，后来称为"放榜"，各地举子也多聚集于此处观看"放牒"。也可以说是在观看自己命运的裁判书，因为每年来京城考试，能进士登第的全国仅有二十八人而已。"东风节气近清明，车马争来满禁城。二十八人初上牒，百千万里尽传名……"（张籍《喜王起侍郎放牒》）众多的举子终会落榜，回老家前只能在东市的酒肆里喝一场大酒，然后逛逛书铺，买一些新出的经书、诗卷，再去好好研读，盼望来年的幸运能够降临了。唐朝的书可不是我们现在看到的书的样子呵，很少有线装书本，也没有硬皮书。

宋代学者沈括在《梦溪笔谈》里有一篇文章，这是我们过去初中语文课本里收入过的。文章里说："版印书籍唐人尚未盛为之，自冯瀛王始印五经，已后典籍皆为版本。"冯瀛王是五代时期的一位官员，原名冯道，由他倡导让当时的国子监刻印儒家经典。"唐人尚未盛为之"，这就是说唐朝时很少有刻版印成的书籍，大多数是抄本，或印成散页，然后裱成卷轴的形式，称为"书卷"。这已经比汉魏六朝时期用竹本简抄书编成卷轴要轻便多了。外地的举子买书肯定要付现钱了，而长安当地的文人、官员买书则可以赊账。长安人可以赊账，但绝不会赖账，有了钱就赶快给书铺送去，哪怕自己紧张一点。"得钱只了还书铺，借宅常时事药栏。"（张籍《送杨少尹赴凤翔》）这就是张籍的自谓，也是那个时代的风尚。

唐朝长安城的这些书铺也有意思，他们不仅卖书、卖文具，而且还喜欢收购当代诗人新作的诗。在前面读元稹的诗文里我们已经见到过这样的记载，说书商们把白居易的《秦中吟》《百节判》等诗作印成单幅，装裱成轴，在书肆中售卖，并在白居易的这些诗卷上题写着"白才子文章"的字样，以吸引读者。另外，还有些人假冒白居易、元稹等诗人的名，拿着自己作的诗四处兜售。据说，当年新罗国的宰相喜欢唐朝诗人的诗作，常以百金换一篇。于是，许多商人就往新罗国贩诗以谋大利。当然，伪作肯定是也有，但新罗国的宰相可是内行，一读诗作便知真假。古今都一样，要想糊弄内行的确不容易。据说当年长安城的书铺里也有不少张籍的诗轴在售卖，这种诗轴发展到后来，就成了悬挂在家中的书法条幅了。

我们说唐代时长安城的商业发达，唐代其他城市的商业也发达，这里有一个重要的原因，就是唐代时往来贩卖商品的商贾不用缴或少缴税。当然，容易得利也是一个重要的原因和最终的目的。元稹在《估客乐》中曾这样描写过："估客无往者，有利身则行。……经游天下遍，却到长安城。城中东西市，闻客次第迎。……大儿贩材木，巧识梁栋形。小儿贩盐卤，不入州县征……"张籍在他的诗《贾客乐》中也有明确的表述："……年年逐利西复东，姓名不在县籍中，农夫税多长辛苦，弃业宁为贩卖翁。""贾客""估客"都是指商人，"贾""估"二字音同、意近，所以，旧时常常互用。元稹诗中"不入州县征"就是不被州县官府所征税。张籍诗中"姓名不在县籍中"即指有些商人无有固定户籍，自然无法被征税了。

由于这些政策，当然还有社会稳定和经济发展的原因，当年唐代长安城中不仅东市的商业十分兴盛发达，甚至在长安西市中还有不少外国人开设的酒肆商店、珠宝商行，大有国际贸易区的形势。那么，我们是否可以这样说：在一千多年前的唐代长安，商业已经发达，已经具有了现代商业与现代经济的模式，或者称为现代市场经济的雏形？这显然不是一个层面的问题。现代的市场经济或自由企业经济是要建立在一定的社会制度、经济制度下具有一定的普通性才能实现的。现代的市场经济不仅包括经济行为，而且包括伦理、道德与人文思想，包括有益于各方的，大家必须遵守的商业交易法则。因为只有遵守一定的法则，并在一定的社会环境下，现代经济才能更加发展与兴盛。显然，一千多年前的唐朝并不具备这样的条件，今天我们也还在努力。

哦，哦，还是看看张籍走到哪儿了！走过东市，就到了兴庆宫南边的通阳门，向南一拐，有一条沙堤大道，这条大道可以通到白居易居住的安邑里，也可以一直向南通到曲江池。沙堤大道后来称为沙坡路，二十世纪八十年代后沙坡路消失，改名为雁翔路。

唐朝的春天，路上行人不多，如果再时逢雨后，那个景色、那种空气有多么惬意啊。张籍骑着马，走在软软的沙路上不免就想来上几句："长安大道沙为堤，风吹无尘雨无泥……"一首诗还没作毕，就已经来到了安邑里白居易的门前。白居易的宅子在安邑里的东头，院墙不高，还有半里路的距离时，白居易就已经看见骑着马晃着头吟着诗的张籍了。白居易赶忙开门迎接，寒暄之后，自然是饮酒，对诗，聊天。张籍这次来除了两人相聚小酌外，还有一个重要的事就是约白居易和几位朋友一起去长安城北边的三原县游览李靖的故居。"好呀，好呀！"白居易当然乐意。

李靖是隋唐间有名的人物，在民间传说中是著名的"风尘三侠"之一，据说武功很高，什么刀枪剑戟、斧钺钩叉，十八般兵器全懂，高来高去，陆地飞腾也不是什么难事。根据唐史的记载，唐太宗贞观年间，李靖曾官授兵部尚书、尚书右仆射，被封为卫国公，名声是很显赫的。别说唐朝，就是现在提起"三原李靖"的名字也是响当当的。

暮春三月，长安的天气不冷不热，万物复苏，绿意泛起，这真是一个出游的好日子。张籍约了几位朋友，骑着马，从长安城北过草滩，走永乐店就到了三原县。三原县距长安城按现在的公路距离是四十五公里吧，开车不用一个小时。在唐代时，道路要曲折一点，距离也会远一点，难走一点，但骑着马，两个时辰的时间无论如何也能到达。李氏故园在三原县北东里堡村的西边，我没换算过唐朝的面积计算方法与现在的计算方法有多大的差别，按唐代人的记载和描绘，三原李氏的故园占地至少要有五十亩之多。园内有砖瓦房舍，也有草堂茅屋，园内的池沼是引泾河的水而注入的，有了活水，池塘里的水自然也就清澈见底，池边的草木也就生长得更茂盛了。过去高大的建筑少，站在园内向西北望去，巍巍的嵯峨山清楚可见，有山、有水、有树木、有人文遗迹，这才是令人神逸的园林。张籍所处的元和、长庆时代距李靖生活的贞观时代已经有近二百多年的时间了。但是，当张籍他们走进李靖故园时，仍有自称为"李家仆人"的人上前接待。"各位老爷请厅堂落座！"过去可尽是走土路旅行的，一般到了客店或人家，第一件事就是要替客人掸土，然后再打来水洗脸漱口，最后才能就座喝茶的。李靖故园仆人的招待正是如此。茶喝罢，丰富的酒席就摆上了。唐代时三原的席面上可没有什么泡油糕、金线油塔之类，唐代三原席面上多是当地生长的菜蔬，比如芹菜、竹笋、萝卜、西葫芦、茄子等。荤菜有香酥鸡、白切肉、红烧鲤鱼之类。无酒不成宴，酒嘛，上的是当地生产的一种黄酒，以稻米为主料，加上十几种中药酿造而成。这种黄酒香甜可口，喝多了不会上头，只是会觉得腿脚有点软。

吃了，喝了，玩了，天色已晚，肯定回不去长安城了，李靖故园有客房，就在这里歇一夜，明天早上还要上嵯峨山呢。

"暮春天早热，邑居苦嚣烦。言从君子乐，乐彼李氏园。园中有草堂，池引泾水泉。门户西北望，远见嵯峨山。……仆夫守旧宅，为客施华筵。高怀有余兴，竹树芳且鲜。倾物所持觞，尽日共留连……"张籍还没有给大家念完他刚写的《三原李氏园宴集》诗，其他人就已经呼呼地睡着了。

三原东里堡李氏故园曾经被称为"唐园"，后来几易其主。至清康熙元年（1662年）被黄州知府李彦瑂购得，并重加修葺，更名为李氏园。后又转售于东里堡刘氏，清光绪年间，著名金石学家吴大徵为陕甘督学时曾为刘氏花园题额"半耕园"，并刻石嵌于花园门上。民国初年，此园曾归陕西辛亥义军靖国军所有，后又改为东里堡小学，现成为一文物单位并向游人开放。在三原当地还有另一说法，说现在的李氏故园并不是当年李靖故园的旧址，李靖的故园应该更靠西北一些。因为清代的此园主人也姓李，也称李氏故园，所以，后来也就把这个"李氏园"演义成唐代李靖的"李氏园"了。好在历史上此地确实有过李靖的故园，具体是在现在的位置还是另有地点，那就让考古学家去考证吧。我们只是说说故事，而且不是胡编乱造就大好了。前几年我曾与朋友前去三原李氏故园游览，园内尚存不少清代、民国时的建筑，比如读书堂、挂云楼、妙香亭等等，还有不少假山景色，这些景色竟仿"长安八景"一一排列。我在一鱼池边见有数块色泽黝黑的奇石，问陪同我们游览的当地朋友："这是什么石头，这么奇特？"当地朋友说："这是天外飞来的陨石，也不知道什么时候落到这里的。"我看着造型奇特的陨石在想，这石头难道是隋唐时就落到三原县的？这难道是名动一时李靖的精灵附载物么？因为只有天上的精灵下凡，才会成就李靖名下那么多传奇的故事……

前文说过，张籍在唐朝做的都是小官，因为有病请了假养病在家，所以空闲的时间很多。有时候约上贾岛、元稹，还有老师韩愈等几位诗友去长安城南的少陵原、神禾原转转。少陵原在汉宣帝杜陵之南，因为这里葬有宣帝的许皇后，坟墓稍小于杜陵，故称少陵。所以，也就称这一带的土原为少陵原。翻过少陵原有一南望秦岭、北靠少陵原的狭长川道，名为樊川，诗人杜甫的家就在这里。过去人们总以为长安城是黄土高原上的内陆城市，风沙大，干旱多。其实位于关中平原中部的长安，八水环绕，树木丛生。就说樊川吧，这里可是唐代长安城外最美的风景区之一，许多达官贵人的园林别墅都建在这里。在樊川东段有一巨大的水池，周围有七八里长，水池之上可以泛舟游玩，古时称为"皇子陂"，也有写作"黄子陂"的，皇子陂相传是因秦朝在此处埋葬了一位皇子在水池北边而得名。樊川皇子陂一带景色如何呢？我们选一段张籍为韩愈写的诗读一下，由张籍诗中的描写就可以了解唐代时皇子陂的美了："……去夏公请告，养病城南庄。籍时官休罢，两月同游翔。黄子陂岸曲，地旷气色新。新池四平涨，中有蒲荇香。北台临稻畦，茂柳多阴凉。板亭坐垂钓，烦苦稍已平。共爱池上佳，联句舒退情。偶有贾秀才，来兹亦同并……"（张籍《祭退之》）诗太长，一下子也读不完，大家如果有兴趣那就找来《张籍诗集》自己读一读吧。张籍诗中勾勒出的皇子陂美景大概我们都应有所感触，我个人则对诗中"北台临稻畦"一句感兴趣。"北台"即指樊川北边靠近少陵原的台地上。前文曾经说过，唐朝时长安城南大部分耕地上都能种植稻米，一直到二十世纪八十年代，那声名于长安城中的"桂花球大米"应该就是唐代稻香的遗存吧。我生也晚，儿时所见长安城四周已很少有种稻米的了，也没吃过什么高级的大米，怎样一个口感、怎样一种香味算高档我也不能分别。1985年的一个秋天，我去长安东大乡寻访一位隐居于此的画家。中午，画家的老母亲用当地产的大米在灶台上的大锅中焖上了米饭，做了一个烩菜：白菜、豆腐、红苕粉条。也可能是走路多累了，饿了，吃着这米饭、烩菜那叫一个香啊！难道这就是唐代的米饭么？这

长安南郊终南山边樊川的景象

香味至今未能忘记，至今也未能再次重逢。

在唐代长安城的稻田中，有一种黑色的大米最奇特，以前只听说陕南洋县出产黑米，因为黑米的营养丰富，产量也不高，为了提高它的经济价值，大多数黑米都被酿成黑米酒了。而唐代时，长安稻田里的黑米只被看作是一个品种，并没有因为其稀奇而作为给皇帝的贡品之类。"漾漾南涧水，来作曲池流。……繁苗毯下垂，密箭翻迎辋。……卧蒋黑米吐，翻芰紫角稠……"
（张籍《城南》）哈哈，长安城种的黑米好像还不少
呢。

　　唐代诗人们出游时，寺院、道观是会经常去的。唐
昌观看玉蕊花，这是张籍他们每年的约会，九华观赏牡
丹这也是春天里必须有的节目。平时去开元观与道士们
聊聊天，调节一下心情，对唐代诗人们，特别是对张籍
来说的确也是一件好事情。张籍在《同韦员外开元观寻
时道士》一诗中开玩笑说："昨来官罢无生计，欲就师
求断谷方。"不做官没了银钱就少吃饭呗！这当然都是
戏谑之言。

　　不论古今，寺院、道观里的任何理论、修行都是有
真假之分，有高下之别的。就说前几日，张籍到长安城
西南一道观中游玩，遇见了一件事就颇让他有些感慨。
你别说，张籍的眼睛虽然患有疾病，看东西不甚清楚，
但他心里明得和镜子一样，他是能分辨出事情的原委与
真假来的。

　　在终南山边上有一座道观，环境、建筑都不错，高
门大户，亭台楼阁，古树参天，绿色成荫。就在道观二
道院的廊房下，有一位年轻的道士正在打坐，据说他是
在学习辟谷术，以求成道成仙。这位年轻人长得精神：
面如冠玉，目若朗星。头顶上的道冠高耸着，就像那出
水的芙蓉，身上的道袍也是异彩纷呈。在道观里修行，

每天早上天刚麻麻亮，这位年轻人就要和其他小道士们一起去大殿朝拜，大殿偏座上坐着一位师傅，束发高耸，金簪别顶，身穿青袍，手拿拂尘，五绺花白的胡须散满前襟，看样子还真有些道骨仙风的感觉。师傅首先念了一段真言，然后就对年轻人和其他小道士们说："我这里有一部上天的宝书，就在这锦囊里放着。"说着指了指身旁茶几上放着的一个袋子。"根据上天的指示，每百年只度一个有缘的人，只有这个人才能得到这部天书。具体是谁我当然不能在这里说了，泄露了天机是会给我带来灾殃的。"老道师傅看了一下大殿上跪着的几位年轻道士，又说："我会经常考查你们的，也会为你们占卜测算命运，如果某一个人每次都有好兆头，我就会把这部仙方宝书传给他。所以，你们都要好好修练，人人都是有机会成为仙人的。"说罢，老道师傅就把几个年轻人带进斋房，教他们如何守神打坐，静养调息。等打坐有了效果，老道师傅就给这些年轻人讲如何在炉子里炼丹，他说："等丹炼成了就随即服下，到那时你们就会乘着鸾凤，上到九霄云宫，那就是成仙之日，也就可以尽享清福了。"

过了一段时间，张籍又去这座道观里游玩，再见到那位年轻道士时，他已经是面目全非了！你以为是返老还童，成为仙人？不是！是因为他练习辟谷不吃饭身体虚弱得已经成干柴一般了。再过几天，又听说这位年轻人已经饿死了，道观里的小道士趁着半夜没人看见，就把他抬到后山沟里埋了不提。

张籍眼睛虽然看东西不清楚，但他心里却是明得跟镜子一样。他看着这位年轻人从面如冠玉，到瘦如枯柴，从企盼成仙，到命丧荒山，心里当然有说不尽的感慨："楼观开朱门，树木连房廊。中有学仙人，少年休谷粮。……勤劳不能成，疑虑积心肠。虚赢生疾疹，寿命多夭伤。身殁惧人财，夜埋山谷傍。求道慕灵异，不如守寻常。先王知其非，戒之在国章。"（张籍《学仙》）

张籍在长安城生活的二十几年中一共换了三个地方居住，先是在延康里，后来为养病搬到寺院中居住了多时，最后搬到靖安里与元稹为邻。"长安寺里多时住，虽守卑官不厌贫。作活每常嫌费力，移居只是贵容身。初开井浅偏宜树，渐觉街闲省踏尘。更喜往还相去近，门前减却送书人。"（张籍《移居静安坊答元八郎中》）唐代长安城里的寺院真不错，既能游览，又能暂住，还能与和尚谈诗论道。难怪唐代诗人爱去寺院里游览，难怪唐代长安城的寺院众多，难怪唐代的佛教发达。张籍说他"长安寺里多时住"，那是长期的居住，平时住上一天两天的那更是寻常的事。"晚到金光门外寺，寺中新竹隔帘多。斋宫禁与僧相见，院院开门不得过。"（张籍《寺宿斋》）"金光门"即唐代长安城的西门，位置大约在现今西安城西郊昆明路东段一带。唐代时金光门内外有许多寺院，特别是以金光门北边的波斯胡寺最为有名。唐贞观十二年（638年），唐太宗为大秦国胡僧阿罗本创建一寺，名为景教寺，这是初期基督教在中国最早的寺院。景教寺里的《大秦景教流行中国碑》至今保存完好，可称为世界级的文化遗产。景教寺在明成化年间重修，改名大崇仁寺，因寺院后园建有一金胜亭，所以，当地人又称此寺为金胜寺。大崇仁寺在清同治年以前还非常完整壮美，可惜后来毁于动乱。在这里我来摘录一段清道光年间陕西乡试主考官李星沅的日记，从他游览大崇仁寺时的记录，我们或能得到一些想象和感受：

"道光二十四年三月初五日。卯刻起，出西门游崇仁寺，即唐时进士樱桃宴处。寺九重，有五百罗汉像，内塑仁庙、纯庙两圣容。前抚军秋帆前辈沅亦有像西廊，有转经藏颇奇丽。寺僧号振山，略晓文理。……"李星沅在他的日记里提到，唐代时的大秦寺是当时新科进士举行樱桃宴的地方，此说我们还很少听过。因为在唐代通常是当年的新科进士要去曲江杏园宴会，然后再去慈恩寺大雁塔下题名留诗的。在唐代时樱桃肯定也是较为难得的水果，因为它季节性很强，又不易种植，皇宫大内只种了不多的樱桃树。所以，每年初夏的时候，皇帝会在某一天朝罢赐一些樱桃给大臣们。"仙果人间都未有，今朝忽见下天门。捧盘小吏初宣敕，当殿群臣共拜恩。日色遥分门下座，露香才出禁中园。每年重此先偏待，愿得千春奉至尊。"（张籍《朝日敕赐樱桃》）不知道唐代的进士们樱桃宴上所用的樱桃是宫里树上所摘呢，还是从其他樱桃园所来？

　　大秦寺在唐代初建时当然不能算是佛教寺院，长安城中几个大的佛教寺院如慈恩寺、青龙寺、西明寺、大兴善寺等，在唐代经常能见到国外来长安学习的学生、僧人，在这些国外来的学生、僧人里，以日本人为最多。比如我们稍为熟悉一些的唐玄宗时代的阿倍仲麻吕、吉备真备、道慈僧人、空海、最澄、永忠，等等。日本学生、僧人来到长安后，唐朝皇帝一般会在大明宫含元殿召见他们，然后按照他们的学习方向分别安排。学生们安排在国子监学习，住在鸿胪客馆。僧人们就住在寺院了。如空海住在青龙寺、西明寺，圆行住在青龙寺，永忠住在西明寺。日本僧人在长安城中一般会居住数年以上的，比如阿倍仲麻吕十几岁来唐，七十岁去世于长安，在长安生活了五十多年。所以这些僧人、学生不仅熟悉中国的语言、文化，也和唐朝的诗人有着非常好的关系。张籍有一首《赠海东僧》的诗，让我们了解到了日本僧人来长安的大概情况。

"别家行万里，自说过扶馀。学得中州语，能为外国书。与医收海藻，持咒取龙鱼。更问同来伴，天台几处居。"

"中州语"在这里指的是以中国中原地带为主的北方汉语发音。"中州语"不是指如今的河南话。还有人说现在的西安话就是唐代的普通话，是唐代标准语言，那也是不正确的，因为至今没有发现任何有关唐代要求语言统一发音的文献资料。所以，也就不存在有什么唐代的"标准语言发音"，更没有西安话就是唐朝的普通话一说。不信你就

唐慈恩寺雁塔题名碑

用现在的西安话读上几首唐诗，未必押韵、未必通畅是肯定的。如果你能用昆曲的念白腔调来读，或用汉阳调来吟，那说不定才会有韵味的。

正如此段文字题目所言，张籍虽然病于眼，但他仍能细微地观察到世间的冷暖，观察到长安城的风土人情，为后人留下了许多可以证史的信息。何以故？用心而已。

金殿醉笔惊四座

天庭飘来李太白

李太白真是一个有意思的人，有的书上说他的祖上在隋朝被流放到了西疆边城一个叫碎叶的地方，李太白就出生在那里，后随其父迁回内地，寓居在四川绵州（今四川绵阳）青莲乡，本名李白（701—762年），字太白，又以寓居地而号青莲居士。但他在诗作《赠张相镐二首》中又自称"本家陇西人，先为汉边将"。并认为自己是汉代大将军李广的后人。但是，李白可没有达官贵人后裔或几代孙那种优越感，李白活脱脱就是一个桀骜不驯的文人，一个放浪形骸的酒仙。有人说李白还是有一定政治抱负的，要不，唐玄宗天宝元年（742年）被诏从安徽南陵赴长安时，李白何有"仰天大笑出门去，我辈岂是蓬蒿人"（李白《南陵别儿童入京》）的诗句。你想，这时李白已经是四十二岁的人了，他自成年后一直展现的是他"笔参造化，学究天人"的诗情，很少见到他有经济文章和治国方略，他说他不是"蓬蒿人"，那是想借着在京城长安中发挥他的诗才呢。

李白于天宝元年（742年）进入长安城，被唐玄宗委以翰林供奉，为皇帝处理文书事。但仅仅过了三年，他就因为与权臣不和以及与反王李璘的关系而被贬出长安城，检李白诗文及当时其他诗人的作品，未见有记录李白在长安城居住地的情况，按照他的职务和活动范围，李白应该住在距兴庆宫较近一些的平康、宣阳二坊，虽然李白在长安城只住了短短的三年时间，但京城中的生活给李白自己，给当时的历史，都留下了许多故事和感慨，那就让我慢慢给大家讲讲吧。

李白在长安这三年里最露脸的事就是"醉卧金殿"了。唐代的翰林院在兴庆宫内西南侧，春天过后皇帝总喜欢在兴庆宫上朝，然后就在兴庆宫内饮酒、赏花、泛舟游玩，因为兴庆宫里有花有草，有水有亭呵。

这是一个"柳色黄金嫩，梨花白雪香"的盛春时节，唐玄宗李隆基带着杨贵妃、宦官高力士等一队宫娥内侍来到兴庆宫西南角的花萼相辉楼。玄宗站在楼上欣赏着兴庆宫内莺歌燕舞，新绿弄风；龙池氤氲，丝管奏鸣，不由得感叹：人生是如此快乐，天下是如此安康。一时兴起，就对身边的高力士说："卿家，对此良辰美景岂能仅有唱歌跳舞为娱，要是找几个有才情的诗人到这儿，把这些美景都写出来，让人们传唱，那不是可以夸耀后代的事么。"高力士赶忙回答："就是！就是！皇帝，您去年不是征诏了一个叫李白的翰林吗，听说这个人才思敏捷，文笔出众，何不诏李白前来应景呢？"玄宗听得此言，捋了一下胡须，欣然地说道："好呀，就让李白来觐见吧。"

李白自去年来到长安城后，皇帝仅封了他一个翰林供奉的闲职，有什么需要写的文件让他起草一下而已。实际上翰林院公文写作的才子多得很，像李白这种才高八斗、满身艺术范儿的诗人还真没办法使用。因而，他心中所有的抱负根本没机会施展，这下也好，李白闲暇的时间多，正可赴宴喝酒，在酒席宴上展现他诗人的才能，因为他自己认为"文可以变风俗，学可以究天人"嘛。这不，李白正在宁王李宪的山池院里畅饮狂歌呢。宁王李宪是唐睿宗李旦的长子，是李隆基的兄长，但却没有继承皇位，而被封为宁王。李宪喜欢绘画，而且擅长画马，兴庆宫花萼相辉楼里就悬挂有李宪所绘的《六马滚尘图》，好像水平还不低呢。李宪的山池院在兴庆宫与皇城之间的胜业坊内。胜业坊位于今天东关南街一带，由于东边有兴庆宫，西边有皇城大内，所以胜业坊面积不大，只是一个南北狭长的地带。由于胜业坊的地点特殊，这里除了宁王李宪的山池院外，还有薛王李业的府第以及银光青禄大夫薛绘、太仆卿驸马都尉豆卢建、中书舍人朱世川等人的宅第。到了二十世纪八十年代初，唐代胜业坊旧址，就是后来西安东关南街一带，还能见到高高低低、起起伏伏的地形。我曾经在东关南街南头路西一个单位工作过数年，这个单位原本是个大宅院，面东的大门就在东关南街上，朝西的后门则在西安明城墙边的环城东路上，单位的院子东西长有五百多米，后面有一个大坑，坑的北边是一个三十米高的土崖。起初，我以为这个大坑是战争年代飞机扔炸弹炸成的，或者是旁边居民区的污水坑，后来才知道这个坑原来是一个荷花盛开的池塘，北边的土崖原来是一个树木茂盛的小山，而这个旧宅的最后一位主人是陕西辛亥革命起义者之一马凌甫老人。马凌甫民国年间曾任陕西议会议长兼教育厅长。我曾见过他家1970年西安市发的房产证，上面写着"产权人马凌甫。产权来源：祖留。座落：古蹟岭25号。土地面积：拾捌亩叁分陆厘陆毫。"十八亩地的宅院可真不算小了，这难道是宁王府的旧宅院不成，我似乎记得，当年在此处工作时还经常闻到阵阵的酒味飘来呢，这也许是李白他们抛洒的酒把地渗透了，一千多年酒味都没有散尽也说不定。

皇帝传谕让李白到兴庆宫花萼相辉楼觐见，值班的太监赶忙跑到翰林院去找李白，一打听，李白不在，早上点了个卯就出了兴庆宫的金明门，到宁王李宪家里喝酒去了。太监急忙又赶到宁王的山池院，进门一看，李白已经喝得高高的了，涨红着脸，正在给宁王和其他几位诗人手舞足蹈地讲着什么呢。"李翰林！李翰林！皇帝召你进宫见驾呢，快随我走！"太监喊道。李白闻听酒劲儿就醒了一半，无论如何，在封建时代皇帝召唤那可是天大的事。李白整了整衣冠，辞别了宁王与众人，摇摇晃晃就和太监来到兴庆宫。

等上了花萼相辉楼，出了点力气，李白的酒劲儿又冲上头了。李白手脚乱颤地趴在地上给皇帝磕了头，口称："吾皇万岁。"皇帝看李白说话还算清楚，也就没有怪罪他的酒醉。"卿家，今天正值春日美景，召你来就是让你为朕作上一组《宫中行乐词》。以为纪念，你可愿意？"李隆基拿着腔调给李白下了一道旨意。李白还敢说啥。"哎呀，陛下！您下了旨意为臣咋敢说愿意不愿意。只是刚才宁王赐臣饮酒，喝得稍微多了点，还望陛下恕臣失礼才是。"皇帝哪能跟他计较这个，只是点点头对李白说："朕不怪罪你就是，赶快作词吧。"李白颤颤巍巍地又向玄宗皇帝磕头言道："皇帝陛下，臣今天喝得有点多了，手软得不能研墨，陛下能不能诏准贵妃娘娘替臣研上一池墨呢？"皇帝一听，心里先是一阵不痛快，但为了早点看到李白写的《宫中行乐词》，另外，觉得贵妃研墨也是一件新鲜事，可以看个热闹，于是就下旨："可以，就让贵妃为卿研墨吧。"杨贵妃闻听也是不乐意，她想："我这细皮嫩肉的手能为你劳动吗？"但因为这是皇帝的旨意，贵妃也不敢太执拗，所以也就左手牵着右手的袖口，在龙书案上一下一下研起墨来。时间不大，一池墨也就研得了。李白坐在金殿左边一绣墩上，让贵妃把砚台捧过来，又让两个太监抻着笺纸，他抬头望了望天花板，眉梢挑动了几下，然后提笔濡墨，涮涮点点，未过半个时辰，一口气就写完了十篇诗作。太监接过诗笺呈递给皇上，玄宗接过诗笺来细细观看："柳色黄金嫩，梨花白雪香。玉楼巢翡翠，珠殿锁鸳鸯。……宫中谁第一，飞燕在昭阳。"玄宗一边看着诗，一边还"嗯、嗯"地欣赏着。两篇诗没看罢，李白已经又醉卧在金殿上了。他双手搂着绣墩，两只脚还在地上乱蹭，嘴上叨叨着："陛下，酒喝多了这脚还痒得很，陛下让高力士将军为臣把靴子脱了吧！"皇帝欣赏诗词正在兴头上，也就随口说道："高爱卿，你就帮帮他吧。"高力士那可是玄宗皇帝面前的红人儿呵，官授右监门卫将军、渤海郡公，哪里干过这事儿，但这是皇帝的旨意，没办法，只能当着众人的面在金殿上为李白脱下靴子。

"水绿南熏殿，花红北阙楼。莺歌闻太液，凤吹绕瀛洲。……""这句好！这句好！"玄宗皇帝还在不停地赞赏着李白的诗作，但李白已经又倒在金殿上睡着了。

你想，你让人家不痛快了，人家能乐意吗。高力士是什么人，权倾一时！对于李白的不敬他可是耿耿于怀的，有一天他对杨贵妃说："娘娘，那个李白太不懂规矩了，金殿之上竟然让您给他研墨捧砚，他在诗中还说'宫中谁第一，飞燕在昭阳'，拿您比汉代的赵飞燕。赵飞燕哪能跟您比呀，那瘦的，掐把掐把不够一碟，捏把捏把不够一碗，肋条骨卸下来能当筷子使，哪有您这富态呀，李白把您比作赵飞燕那就是骂您呢！"杨贵妃闻听此言也觉得李白可恨，待以后有了机会一定要在皇上面前奏他一本。

李白在长安城中没什么职务，白天闲游的时候多，喝酒的时候也多。但我觉得晚上他的脑子可能会清醒一些，这不，他晚上走到崇义坊、务本坊时，见到许多妇人在漕渠边捶洗衣服，就让他吟唱出了一首名诗："长安一片月，万户捣衣声。秋风吹不尽，总是玉关情。……"前文曾经说过，唐代的长安城有五六条人工水渠纵贯全城，这些水渠大多都是开放式的，特别是横贯东西的漕渠，既深又阔，而且是活水流动，所以，长安城中的百姓有时候就去渠边洗衣、汲水。过去可没有洗衣机之类，洗衣服全靠用手来搓揉，过去布料粗厚，手洗不易，就把衣服放在平整的石头上再用木棒棰来敲打。可以这样说，在二十世纪七十年代之前，中国人几乎家家户户都有洗衣用的木棒棰，洗衣时木棒的捶打声就是李白诗中的"捣衣声"。李白说"万户捣衣声"，并不是说一到晚上长安城有一万户都"当、当、当"地洗衣，那只是形容词而已。

李白性格豪爽，豪情万丈，以他的才气、正直，在长安城中还是有不少朋友的。有时候他也会约上几人去长安城南的终南山游玩一场。前几年，有人有杂志上写了一篇文章，介绍终南山上的现代隐者，惹得不少记者和好事者前去终南山上寻访，有些隐者还大谈了隐居的体会等等。还有些人说，这些隐者具有魏晋之风、唐隐格调云云。读此文后我脑子一时转不过弯来，既是隐者，何以要博取世名呢。唐时，真正的终南隐者是不接触世俗的，就像李白、杜甫这些名家高人去了也不行，他们去寻访隐者，也只是遥望一下，感受一下环境、气氛罢了。看看李白的诗是怎样写的，《望终南山寄紫阁隐者》："出门见南山，引领意无限。秀色难为名，苍翠日在眼。有时白云起，天际自舒卷。心中与之然，托兴每不浅。何当造幽人，灭迹栖绝巘。"没写隐者如何之隐，而我们似乎已经领会了隐者的内心。

从终南山下来，半山腰上有不少寺院，中国佛教史上的多个开山祖庭都在这里，比如华严宗的、法相宗的、律宗的等。唐代时佛家寺院向来喜欢接待文人墨客，但李白今天并没有去寺院歇息，而是去了一姓斛斯的文人别业住宿。"暮从碧山下，山月随人归。……相携及田家，童稚开荆扉。……欢言得所憩，美酒聊共挥。……我醉君复乐，陶然共忘机。"总之是一个醉字。

唐代，每到春季，长安城中的诗人们肯定会相邀游春赏花。但秋天长安的景色一点也不逊于春天，诗人对自然界的美那有多敏感！一般来说九九重阳是秋天登高饮酒的大日子，但唐代诗人为不负美好的时光，常常在重阳前后几天都要去登高饮酒。唐时长安城中的登高有好几个地方呢，往南走远点可以上终南山，不想上山的话，少陵原上的景色也不错，不想出城的话，长安城内东南边的乐游原、曲江岸也是好去处。

"今日云景好，水绿秋山明。携壶酌流霞，寨菊泛寒荣。……落帽醉山月，空歌怀友生。"（李白《九日》）"昨日登高罢，今朝更举觞。菊花何太苦，遭此两重阳。"（李白《九月十日即事》）

唐代长安人登高饮酒赏月还有出城东的春明门往月

登阁设宴游玩的。月登阁上设宴的事前文已经说过，但春明门外也有酒肆可以饮酒则未有人提及。春明门又称青绮门，简称青门。有人说"青门"是因人见其门有青色，故称为"青门"。又一说是古时有青雀群集于门上，雀去后称为"青门"。按照中国传统文化的解释应是：东方的代表神是青龙，东门亦可称青门。另外，长安春日多吹东风，东风的主者为青帝，东门迎着东风，也就是迎着青帝，所以，青色就是东方之色，东门也就称为"青门"了。

这一天，李白往长安青绮门送裴图南归河南。唐代的时候，出长安城往东去一般都要走春明门，也就是青绮门，朋友相送也多在青绮门外，后来愈送愈远，十里相送，就送到了灞河边上，在那里折柳送别后才算结束。唐代时青绮门外大道两边尽是柳树，而且还有不少酒肆商铺。你想，客人在此处相别，有时候要设酒席表达一下惜别的心情，不喝上几杯怎么能行。青绮门外的酒肆不少还是西域来的胡人开设的。胡人们开设的酒肆商号大多在长安城西边延寿坊旁的西市里。胡人的酒肆除了门口高悬彩旗以为幌子外，酒肆里还有胡人妇女载歌载舞地为客人助兴甚至陪酒，这种舞蹈被称为"胡姬舞"。胡姬们陪酒时的劝酒方式那叫一个多呀，什么一首歌三杯酒，什么猜大小定输赢，什么叮嘎嘎叮的猜拳呵。总之，你喝多了就掏钱呗，这时节反正你也没什么味觉嗅觉了，酒里开始兑水那是常有的事了。"*初浓后薄为大偷，饮者知名不知*

味。"（韦应物《酒肆行》）这没办法，你贪酒致醉给了人家机会嘛。青绮门外这些胡人开的酒肆一般不会给酒里兑水，因为这里不是夜店，来往的官差也多，稍一犯事饭碗就砸了。李白和朋友们进了胡人的酒肆，门口的胡姬赶忙笑脸相迎。"各位老爷请里面坐！老爷们真是有福之人，今天刚刚进了几坛好酒，是开化坊老姚家的陈酿，难得哟！"胡姬一面说着，一面把李白他们引到靠墙边的一张几桌前。你别看李白平日里豪情万丈，风风火气，到了这种场合也是面情软得不行，人家胡姬怎样安排他就怎样办呗。胡人开的酒肆有个特点，他们的餐具大多是铜制的，高档一些的还会有鎏金、錾花之类，充满了西域风情，让人有别样的感觉，这样，酒也喝得快了，喝得多了。李白他们本来就是送朋友来的，自然也要快点喝，快点醉才行。

"何处可为别，长安青绮门。胡姬招素手，延客醉金樽……"（李白《送裴十八图南归嵩山》）李白吟着诗，唱着歌，晃晃悠悠算是把朋友送走了。李白骑着马进了春明门，沿着大道向西急急忙忙地走着，因为今天下午约了自己的堂弟李叔卿要去平康里的菩提寺看壁画呢。现在太阳已经偏西，不能再耽搁时间了。可是刚刚走到兴庆宫南边的明光门口，道路就被一行队伍给堵住了。一打听，才知道是徐王李延年从兴庆宫出来回府呢。李延年可是真正的皇亲国戚，唐高祖李渊第十个儿子李元礼之后，李元礼被封为徐王，后来李延年也继承了封号。王爷出行，那阵仗自然小不了。前面有响锣开道，接下来是十六杆金戟相对而行的仪仗，中间是徐王十八抬的大轿，后面是簇簇拥拥的随从。上文说过，唐时，按仪礼，"天子出行仪仗中凡戟列二十四，嗣王、郡王十六，丞相十二。"（《通典》）归来时戟仗则列于门前以示王威。

等徐王爷的仪仗过去，李白赶忙向西急行，到了平康里菩提寺大门前，见堂弟李叔卿等一干人早在那里等了。天色已经不早，自家亲戚也不必太多客套，打过招呼就一同进了菩提寺。菩提寺在平康里南门东侧，大约就在今天西安市城南建东街与安东街交汇处。菩提寺建于隋开皇二年（582年），到了晚唐，社会不甚安定，唐宣宗大中六年（852年）曾改名为"保唐寺"，这是后话。

菩提寺内有唐代著名画家吴道玄、杨廷光、董谔、耿昌言等人的大型壁画，在《名画记》和《寺塔记》中均有记载。今天李白他们要看的是大堂东西内壁上的《海上仙山图》，据说这是吴道玄等人的合力之作。画面上海水涌动，山峰峥嵘；云气缥缈，城池乍现。在山间小路上，在城中街巷内还有人物前行，让人看了不觉心驰神往。李白他们来到菩提寺时已经接近午后三点了，殿内光线已不太清晰了，他们就请寺内的和尚点来蜡烛，秉烛观赏，这也别有趣味，或是这种感觉更能体会画面上的仙境呢。

"高堂粉壁图蓬瀛，烛前一风沧州清。洪波汹涌山峥嵘，蛟若丹丘隔海望赤城。光中乍喜岚气灭，谓逢山阴晴后雪。回溪碧流寂无喧，又如秦人月下窥花源……"（李白《同族弟金城尉叔卿烛照山水壁画歌》）

据传说，菩提寺的这些壁画后来被人移到今天的东门内昌仁里口上的东岳庙了。民国三十九年，著名画家张大千来长安城，他专门到东岳庙观看了传说中的唐代壁画，就此壁画是否为唐代原物与长安当地的学者颇有一番争论，在当时成为轰动一时的新闻事件。东门内的东岳庙近百年来几经毁坏，几经修葺，其间或改做工厂，或改为学校，今又复为庙宇，但不知大殿内的壁画可存否？

秋天到了，长安的天气不是太好，连阴雨已经下了近十天，不便出门会友，李白郁闷地在房子里团团转，因为今天要送高丽国来的学者崔城北回国，这位崔城北和李白是诗友，所以，李白不能不去。上午雨稍稍缓了些，李白就来到朱雀门外，等着从鸿胪寺办完手续出来的高丽诗人崔城北。没等多久，就见从朱雀门里出来一队人马，李白拢目光一看，崔城北就在队伍之中。高丽诗人要回国了，自然要改换成他们的传统服装，只见他们头戴折风帽，上插两根羽毛，身穿有宽大的袖子的衣衫，上面镶饰有金银饰品。下面的裤子也很宽松，裤口很是宽大，腰扎素皮带，脚蹬黄皮靴，很有些异域风情了。待崔城北骑着马走出朱雀门向东行，四下观望，见李白就在人群之中，崔城北急忙下马，对着李白躬身行礼："唉呀，李翰林竟然冒雨前来相送，真是不敢当，不敢当！"李白也回敬一礼说："崔先生远道而来，又艰辛而去，怎能不相送呢，我这里写了一首小诗，你留着作为纪念吧。"说着就把一折诗札递给崔城北。"金花折风帽，白马小迟回。翩翩舞广袖，似鸟海东来。"（李白《高句丽》）崔城北看罢满脸是笑容："有趣，有趣！此诗真能解旅途之寂寥呢。"

看着崔城北骑着白马向东走远，天色还是雾蒙蒙的，李白决定去玉真观找刘道士喝上几杯，暖暖身子。玉真观在长安城西北隅的辅兴坊，基本上就是在今天星火路火烧壁村路南，这是当年唐睿宗李旦第十个女儿昌隆公主出家的地方。李白骑着马，费了一个小时才走到玉真观。玉真观虽偏在长安城西北，但这里是西出开远门前往甘肃、龟兹等西域之地的必经之地，车马行人聚集，商铺林立，一点也不冷寞。李白经常来开远门送人西去，所以，来这一带也并不感到生疏。前几个月还送族弟李绾出开远门，前去安西征伐侵犯的犬戎，最近又送了梁公昌跟着信安王去征讨西蕃入侵者。

唐朝时有一规定，如果需要，就是进士、翰林也得随军出征，为皇上效力。"入幕推英选，捐书事远戎。高谈百战术，郁作万夫雄……"（李白《送梁公昌从信安王北征》）"汉家兵马乘北风，鼓行而西破犬戎。尔随汉将出门去，剪虏若草收奇功……"（李白《送族弟绾从军安西》）李白走到辅兴坊南门，向西望着开远门，想起了不少送人从军西征的诗，想起了不少从军西征的人。

走进玉真观内院，只见刘道士正用一把镔铁壶在木炭炉子边上暖酒呢。"哈哈，仙长，你如何知道我要来，早早地就把酒给暖上了？"刘道士看李白走了进来，急忙站起身来稽首问讯说："早上闻着一股酒香从东南随风飘来，想那肯定是李先生出门了，所以就早早做了准备，近日阴雨连绵，正好围炉品酒闲话。"刘道士说着搬来两个凳子放到炉边，然后又把镔铁酒壶放在小几上，二人边饮酒边闲谈。这把书镔铁壶口小底大，像一个圆锥形，表面光洁，暗暗泛有冰花形状的花纹，据说这种镔铁壶出自波斯，硬度很高，色白不易生锈，颇似后来的不锈钢。我小时候经常见祖父母用这种上小下大的铁壶煮茶喝，关中方言称之为"piǎ子壶"，"piǎ"在关中方言中常用来形容两腿分开来站立，如"piǎ开双腿"。作为动词又做"撕""劈"讲。比如把纸撕开，说成"把纸piǎ开"。在现代汉语里没有相应发声的字来表示。以前，听老人们说镔铁壶，我总以为是用陕西彬县所出的的铁制成的，后来在唐代和尚僧肇的《宝藏论》上看到有镔铁的记录，才知道"镔铁出波斯，坚利可切金玉"，与后来的冰花铁皮是两回事。不过长安城内使用镔铁的piǎ子壶烧水热酒延续了一千多年，也真是一件有趣的事。当然，在这二十一世纪的新时代各种水壶盛行，这种需用炉子烧水的铁壶已经不使用了。

"热暖将来镔铁文，暂时不动聚白云。拨却白云见青天，掇头里许便乘仙。"（李白《暖酒》）诗人就是诗人，李白就是李白。我们把镔铁壶上的花纹看作是冰花，李白却认为是不动的白云。等喝高了的时候白云就会动起来，酒仙们也就会乘此而上青天了，像这种上天入地的事情也只李白这种半仙之体才能想得出来。李白与刘道士谈来谈去就谈到了书法，谈到了唐朝有名的草书大家怀素。"少年上人号怀素，草书天下称独步。墨池飞出北溟鱼，笔锋杀尽中山兔。八月九月天气凉，酒徒词客满高堂。笺麻素绢排数箱，宣州石砚墨色光。吾师醉后倚绳床，须臾扫尽数千张。……起来向壁不停手，一行数字大如斗。……"（李白《草书歌行》）中国草书在唐朝以前多为章草，隋唐间有今草，至怀素则称为狂草。怀素传世的墨迹可靠的有《自叙帖》，这件真迹现藏于台北故宫博物院。另外有《圣母帖》刻石传世，今藏西安碑林博物馆，也都被书法爱好者所追捧。

李白的书法也不错，从他唯一传世的《上阳台帖》来看，在书法感情和精神上与怀素有异曲同工之妙。怀素的书法表现得更洒脱飘逸，李白的书法在洒脱之中还有一些迟重，就像他的诗作一样，可以上天揽月、入海擒鳌，但诗词的格律规矩还是要遵守的，这就是充分掌握了作诗的基本特点，有了坚实的基础才能达到自由的

长安城东的八仙庵

状态，在自由状态里才更能展现出功力与个性。

李白和刘道士喝酒聊天，不知不觉天色将暮，李白忽然想起来，明天上午皇帝还召他去兴庆宫见面呢。想到此，李白赶忙辞别了刘道士，骑着马，晃晃悠悠地回家了。

还真不错，下了十几天的连阴雨今天竟然停了，而且云开雾散，艳阳高照。上午十点一过，皇帝带着杨贵妃、高力士及宫娥才女、梨园子弟一众人上了停在兴庆宫内龙池边的大龙船。唐代的兴庆宫可比现在的兴庆宫公园大得多，园中的龙池也比现在公园里的兴庆湖大得多。唐代的龙池从现在兴庆湖的南岸一直延伸到差不多快到鸡市拐八仙庵的跟前，有三四里路呢。因为是皇帝家的东西，又加之此湖的水来自龙渠注入，故称之为龙池。又有故事说，在唐中宗李显神龙、景龙年中，夜间常见龙池之水泛起云气，有黄龙升腾其间，所以又称此湖为景龙池。景龙池的名字一直流传了千百年，龙池虽然已经缩小，但原来龙池旧址上形成的街道仍然保留了景龙池的名字至今。现在的景龙池巷北起长乐坊街，南至索罗巷，1966年曾改名为更新九巷，后来又改回景龙池巷。这里实际就是当年兴庆宫里龙池的一部分，二十世纪八十年代时，还能见到景龙池巷北边有高大的土墙，那是唐代的遗迹吧。好久不去那里了，不知道那里的土墙拆了没有。

　　话说唐玄宗带着大队人马上了龙船，看着湖光山色，玄宗高兴，让跟随而来的梨园歌手唱上几曲以为助兴。几曲唱罢，玄宗觉得不甚尽兴，因为全是旧曲旧词已经听了无数遍了，感到真愧对如此美景。于是唐玄宗就对身边的太监说："你们去翰林院把李白找来，让他为朕写几首新词。""领旨。"太监躬身退下船，急忙去兴庆宫大同殿边上的翰林院传李白。谁知李白看皇帝迟迟没来传他，以为上午不必见驾了，所以出了兴庆宫的金明门就到东市里的酒肆喝酒去了。太监赶到东市，在一家名叫畅春楼的饭馆门口见到了李白。但是，这时的李白已经喝得大醉，正趴在楼下的板凳上呼呼大睡呢。"李翰林！李翰林！皇帝召你上船呢！"太监再三呼叫，李白就是起不来，嘴里还嘟囔说着："我是神仙，我是神仙……"太监看没有办法，只得让酒肆掌柜的拿来了半瓢凉水，对着李白的脸一喷，这下可好，李白一个机灵就从地上站了起来，稍缓片刻，看了看太监就知道是什么事了，赶忙跟着太监就进了兴庆宫。杜甫的《饮中八仙歌》中写道："李白斗酒诗百篇，长安市上酒家眠。天子呼来不上船，自称臣是酒中仙。"过去读到这里，总有人要问，长安城地处内陆，没有江河，皇帝怎么会坐船，呼来李白上的又是什么船呢？我们今天的人哪里知道，唐代兴庆宫中的龙池大着呢，行驶几条大龙船没有什么问题。

李白上了龙船，虽然还有几许醉意，但是在皇帝面前还是要打起十分精神的，给皇帝施罢礼，皇帝给李白赐了座，就对李白说："卿家，今天天气甚好，朕心甚快，但让梨园子弟所唱却都是旧词，宣你来就是让你写几首新词，你看如何？"李白闻听急忙起身言道："皇帝，这都是小事。拿笔墨来！"你别看李白喝醉了酒，好像是三昏六迷七十二糊涂，实际上他心里明白得很，而且他也喜欢在这种状态下急就章式的写作，这也许更能表现出他的才能。铺好了纸，蘸得了墨，刷刷点点，什么"云想衣裳花想容"，什么"一枝红艳露凝香"，什么"名花倾国两相欢，长得君王带笑看"，等等，好词儿都蹦出来了，乐得玄宗皇帝和贵妃，连连用七宝玻璃杯给李白赐酒。李白本来就喝多了，在这龙船上一边写诗一边喝，哪能不醉，虽说一口气写了七八首诗，但终因喝酒过量而倒在船上睡着了。

皇帝一看这种情景，赶忙吩咐太监："把李翰林抬下船去，让他在翰林院里醒酒吧。""是！"过来几个小太监抬头的抬头，抬脚的抬脚，就把烂醉的李白拖下了龙船。玄宗皇帝看着李白如此的模样，皱了皱眉头对身旁的高力士说："你看他如此穷相哪里是当官的料么，由他去吧！"后人都说唐玄宗是一位腐败皇帝，犬马声色，江湖之术无不感兴趣，虽然对于皇帝来说这不是什么好事，但接触了社会各色人等，看透一个人的内心应该不是什么问题，当然，除过他成心装糊涂。

李白真是爱喝酒，这不又醉倒在街头了。他是喝哪醉哪，长安城中只要有酒肆饭馆的地方都是他的醉卧之地，这次醉倒的地点是皇城安上门外务本坊口的基胜楼。可能基胜楼离李白在长安的住处近些，李白经常来此喝酒，因此基胜楼的老板伙计对李白的印象特别深。大约过了一千多年，在清朝光绪年间，基胜楼从过去的务本坊口搬到了西安城中的南院门，但还保留着过去的名字基胜楼。清光绪二十七年（1901年），日本画家福

清代光绪年间日本画家福田眉仙访问西安时所绘
传说"太白醉处"的餐馆的情景

田眉仙来到西安，用他手中的笔，画出了数十幅当时西
安城中的风土人情、市井场面。这无疑是一组十分珍贵
的历史资料。在数十幅有关西安的历史画图中，我们看
到了位于南院门基胜楼饭店内的景象，大堂内很敞亮，
宽大的八仙桌旁摆的都是有靠背、有扶手的椅子，和一
些人认为的古代的饭店内都是长条板凳大方桌有所不
同。在大堂的正中悬挂着字画，中间是一幅鲤鱼跳龙门
的图案，大约预示着来此用餐的人都能跳过龙门得到高

升吧。鲤鱼图的上方挂有一匾，上书"古醉白处"，是在说这个基胜楼就是唐代时李白醉酒的地方，这真是让人喜出望外的消息。

李白当然不是总在街头醉卧着，那些王公大臣也时不时地请李白去府邸饮酒吟诗，永王李璘就是一位。谁知后来在"安史之乱"时永王也参与其中，待"安史之乱"平定，因李白经常去永王府饮酒，也就被定为叛党，欲处以极刑，幸亏平定"安史之乱"的功臣郭子仪曾得到过李白的帮助，及时出面相救，这才免了李白的诛刑，流放他去了西南边陲的夜郎国。

"昔在长安醉花柳，五侯七贵同杯酒。气岸遥凌豪士前，风流肯落他人后。……函谷忽惊胡马来，秦宫桃李向明开。我愁远谪夜郎去，何日金鸡放赦回。"（李白《流夜郎赠辛判官》）这真是成也是酒，败也是酒。酒成全了李白诗意的勃发，酒又引来了杀身之祸。李白心里还想着哪一天会被大赦重回长安呢，可他哪里知道，机遇不会每每降到一个人身上，况且"长安之居大不易"更不是随便说说的。

伍

道骨儒风笔力老
除怪去诞韩退之

韩愈，字退之，河南孟州人。因韩姓郡望在辽宁昌黎县，因此他为文时亦署"昌黎韩愈"，所以，人们也就称韩愈为"韩昌黎"。韩愈生于唐代宗大历三年（768年），唐德宗贞元二年（786年）韩愈19岁时即到长安城参加进士科举考试。唐代的科举每两年举行一次，贞元三年至五年（787—789年）间，韩愈三次参加科举考试都失败了。最后在唐德宗贞元八年（792年）才终于登进士第。为了选择职业，他又参加了每年吏部都要举行的"博学宏辞"科考试，结果三年未中。韩愈这一时期在长安城中生活了近十年，因为没有理想的工作，他也只能先回洛阳老家了。

唐贞元十七年（801年），韩愈终于被召入京城长安，第二年授他为四门博士，贞元十九年（803年）晋升为监察御史。以后有贬有召，有升有降，前后在长安待了十五六年，后又因上书劝谏宪宗皇帝勿迎佛骨事，被贬到广东潮州，过了两年才被重新召回长安，但韩愈这时已经染上了重病，长庆四年（824年）韩愈逝于长安靖安里宅第，终年五十七岁。

韩愈一生在长安生活了近三十年，从他的诗文中我们可以见到他在长安城中生活的许多痕迹，许多事件，由此可反映出唐代长安城中的社会风俗、文化现象和生活细节。下面我们就从不同的角度来了解一下吧。

韩愈的府第在唐长安城南区的靖安里。靖安里位于

唐代诗人在长安

今天西安市小寨十字东北，长安大学至教育学院之间。靖安里虽然住有韩愈、张籍、元稹、李宗闵和玄宗的第二十二女咸宜公主，但靖安里距皇城还有四五条街的距离，用现在的里程计算，也有五六公里之遥。在没有机械交通的时代，对于当时出行的人们来说，那是一段不短的路程。靖安里与长安城最宽阔的大街——朱雀大街，还隔着一个街坊，也有达一公里的路程呢。所以，这里并不是十分热闹。和韩愈差不多同时代的诗人殷尧藩有一首《经靖安里》的诗，他是这样描绘当时街景的："巷底萧萧绝市尘，供愁疏雨打黄昏。悠然一曲泉明调，浅立闲愁轻闭门。"我不知道现在的读者，特别是年轻的读者是否能理解、能想象出"巷底萧萧"是一种怎么样的景象和感觉。在我很小的时候，大约是因为眼睛很小，眼界不宽，总觉得长安城大街上的人很少很少。如果你走进一条小巷的深处，特别是那种称之为"死胡同""死巷子"的顶头，那时，所有的院门都是关闭的，没有人出入，只有夕阳映照下的黄色土墙以及经风吹、雨打、日晒而变了颜色的青砖门楼。那时，你的心空空荡荡、凄凄凉凉，如果从某个院子里再传来阵阵琴声调调，似有似无，让你无所依靠，甚至还有一点害怕的感觉，这便是"巷底萧萧"的景象了。

　　唐代的长安城虽被划分为百十个坊里，但并不如后世所见地图上标示的房距阵阵，大道如发。街巷是有的，道路也是有的，但街巷道路之外的大片草地农田也是有的。

韩愈最有名的一首诗《早春》，这样描写长安城："天街小雨润如酥，草色遥看近却无。最是一年春好处，绝胜烟柳满皇都。"一个"遥看"，点出了长安城的空阔与宽广。韩愈的宅第就建在"萧萧绝市尘"，地面空阔的靖安里之中。那么，唐代韩愈宅第的形制、院落布局又有什么特点呢？我们先来读一下韩愈自己写的诗，然后再做议论："始我来京师，止携一束书。辛勤三十年，以有此屋庐。此屋岂为华，于我自有余。中堂高且新，四时登牢蔬。……庭内无所有，高树八九株。有藤娄络之，春华夏阴敷。东堂坐见山，云风相吹嘘。松果连南亭，外有瓜芋区。西偏屋不多，槐榆翳空虚。……主妇治北堂，膳服适戚疏。……"（韩愈《示儿》）韩愈在唐长安城中宅院的大概布局由此即可了解一二了，这大概也是唐代长安城中大宅院所共有的特色吧。庭院内有大树，有藤萝；树阴下有凉亭，凉亭外有菜园。东堂大约是主人的上书房，二层阁楼，推南窗即可见终南阴岭秀。对于一个在朝廷为官、回家是诗人的人来说这是何等的惬意。尽管韩愈在诗中说："开门问谁来，无非卿大夫。"其实他真正交往的还是那些文人学士，比如孟郊孟东野，比如张籍，比如李翱，另外还有元稹、皇甫湜、柳宗元等，在韩愈存世的三百五十九首诗歌之中，与孟郊、张籍二人郊游唱和的诗为最多。

唐时长安城中的诗人们最喜欢出游聚会的地方是曲江，因为这里较为方便，且景色好，餐饮业也多。但能放开心情欣赏自然之美的地方还是长安城南的少陵原、樊川与终南山。韩愈有一首《南山诗》，似乎是他对终南山或者说是对秦岭有一个总体的描绘："吾闻东城南，兹维群山围。东西两际海，巨细难悉究。"诗人就是诗人，韩愈在诗中用了许多比喻来形容、赞叹终南山的伟大，但词藻太华丽、太隐讳，恐怕现在没有几个人能读得懂，因此，也难以产生共鸣，难以由此而体会唐代长安城的风情，还是来看看韩愈和其他朋友游山玩水的场景吧。

大约我们都知道秋天重阳节的时候古人有登高饮酒的习惯，但是在唐代，每年正月初七人日时，长安城的文人墨客也要相约去城南少陵原上登高一游。"初正候才兆，涉七气已弄。霭霭野浮阳，晖晖水披冻。……盘蔬冬春杂，尊酒清浊共。……"（韩愈《人日城南登高》）春来阳气浮动，郊野登高有吃、有喝、有玩，也不失为一种调节心情的好办法。当然，少陵原上不是光有寒冷和微微的阳气，韩愈和孟郊在城南游玩时还见到了许多有趣的事呢。

过去的少陵原上有湖水，有竹林，也有稻田。春天午后，当韩愈和孟郊走过竹林的时候，忽然看到一只肥大的竹鼠站立在道旁，竹鼠后腿站立，拱起前腿蜷曲着放在前胸，就像给人做揖问讯的样子。竹鼠并不避人，而是注目看着你走过去，这倒为早春的竹林里增添了几

长安南郊的少陵原上

分生趣。穿过竹林下到半坡，就到了皇子陂的池水边。
皇子陂的景色不错，水深滋润。不论是皇亲贵族还是商
人行贾，不少人都喜欢饲养善于鸣叫的禽鸟，我们从唐
代的壁画中就已见到捕捉鸟儿的场面了。长安郊外南山

上善于鸣叫的鸟儿向以画眉、金翅鸟、黄喉虎头凤等最为有名，但最让人喜欢的还是画眉鸟。秦岭山上的画眉鸟体格大，毛色青黄，白眉悠长，不仅鸣叫起来声音婉转多变，而且善于打斗，这是饲养画眉鸟的另一项功能。斗画眉就像斗鸡、斗鹌鹑一样，市场上，鸟友间常借此以为博弈。但是，要寻找一只体格壮、善博斗的画眉也并非是一件容易的事。这皇子陵池边的黏网主人大概也是想得到一只好斗的画眉鸟吧。

其实，唐宪宗元和年以前，长安城中捕养鸟之风就很兴盛，一个主要原因就是皇宫内每年要征收各种鸟类，以供皇帝、皇亲们娱乐赏玩。所以，就由皇城边数坊内有关系的子弟少年充任捕捉鸟儿的工作，称为"鸟雀供奉"，就是说他们是专给皇帝捕鸟的官员。唐代的长安城地广人疏，树木也多，捕鸟也不一定非要到城外或南山之下才有。过去的长安城中到处都有成群的鸟儿在聚集嬉戏，画眉、金翅鸟多在其中。所以这些少年"鸟雀供奉"经常就把捕捉鸟雀的黏网张挂在坊里间的路上，或者村头的井台边，这样使人出入多有不便之处。谁要敢走近黏网他们就会大声喝斥："走开！走开！不要惊了我们的供奉鸟雀！"有些人为了不去惹事，便给这些少年拿些银钱，这样他们才肯撤网离去。这些恶少年最后发展成为专借"鸟雀供奉"的名义来欺诈百姓，用这个说法来混吃混喝，人们为之深恶痛绝。到了顺宗永贞六年（810年），在韩愈等人上奏力陈此弊后，所谓"鸟雀供奉"才被禁止。

韩愈、孟郊等人在很远的地方望见黏网在晃动，走近仔细一看，真有两只小鸟被网住了。韩愈他们不仅是公务人员，而且是心存悲悯的诗人，自然不会去把小鸟捉来关在笼中为听鸣叫、为去博弈的。孟郊见状赶忙跑过去，用手将小鸟从网上摘下，放飞在自由的天空中。

郊游、观景、饮酒，不知不觉大好的春光午后就这样过去了……

韩愈一下早朝就急急忙忙从兴庆宫的通阳门出来向南走去，今天，韩愈与诗人崔立之约好午前在青龙寺门口见面，先游览寺院，然后去喝酒。

从通阳门向南，往安邑坊南边的青龙寺是要从东市穿过去的，东市是唐代长安城最繁华、最兴盛的商业贸易区之一，有金银、粮食、绢布、铁器、药材等二百多个行业，近千户商家。因此，东市中经常都是人流如织，熙熙攘攘。今天不知道为何，韩愈感觉到东市路边上拥挤的人群比往日的更多了。韩愈下马上前一看，见有两位宫中的太监正和一卖柴火的农夫争执呢。原来这位农夫是南山下王莽乡的人，叫王三娃，他今天一早用毛驴驮了两大捆干柴到东市来卖，正好碰上两位宫内太监出来采买东西。两位太监看这柴好，就对王三娃说："我们是给皇宫采买东西的，你这柴火我们要了，这是

‘宫市’，就是皇家要买，不用给钱了，给你几尺绢就充作柴钱吧。”王三娃一听心里就凉下了，他想，我一早起来打柴拉到东市来卖，就是想弄俩钱买点粮食回去，家里的父母妻儿都得吃饭呀，你给我几尺绢能顶啥用。于是，王三娃就壮着胆子对那两个太监说：“二位官人，我这柴火是想换些粮食回去养家糊口的，能不能不要这绢，少给点钱也行啊？”两个太监一听脸就沉了下来：“你知道不知道啥叫‘宫市’，‘宫市’就是可以不给钱买东西，给你几尺绢就已经不错了。另外，你的柴火皇宫要用是你的荣誉，现在你还得付‘门户脚钱’，就是运费！闲话少说，用你的驴驮着柴火送到宫里去。”王三娃一听心里更是毛了，这要是送进宫里，也许连毛驴也要搭进去，他赶忙说：“二位，柴火就算卖给你们了，这几尺绢我也不要了，算是‘脚钱’咋样？”两个太监没等王三娃说完过来就一把抓住了他的领口子：“你倒底送不送，不送今天就拉你到官府！”几人拉拉扯扯，这下引来了不少人围观，东市是长安城的大集市，本来人就多，这一闹就更无法行走了。韩愈站在人群外，看明白了怎么回事，就让随从去叫来管街的吏人。吏人一听是监察御史韩大人发话了，不得不将两个太监拉开，并对二人说：“你这事弄大了，监察御史韩大人在那边看着呢，如果韩大人给皇帝奏上一本，你二人的命就保不住了，赶快给这农夫一些钱让他走算了。”这二位太监也是经常在面子上跑的人，知道事情弄大对他们没好处，虽不情愿，但还是掏出来几串大钱给了王三娃让他走人。

韩愈是监察御史出身，最看不惯借用官家势力、借用官家名义欺负民众的事，一遇到这些事他就想写奏本上奏。原来，在唐玄宗的时候就有宫中采买外物的习惯。那时，给宫中采办市场上的货物是由专门的官员来主持的，在市场上如有需用的东西按质随即付款购买。到了唐德宗贞元末年时，改由宫中太监出宫随机采买货物，也就是说看见什么东西好就买什么。说是"买"，实质上就和白拿一样。有的货物价值一千，但太监们随口一句"宫市"，扔下一百钱就完事。后来发展成打白条了，说是宫里以后统一付款，这种购货条当时称为"白望"。几乎每天都有人在市场上用"白望"购货，而这些白条子真假都有些不一定了。想到这里，韩愈心情不禁激动了起来，明天一定要写一份奏章，请皇帝废除"宫市"行为。

想着想着韩愈就来到了青龙寺的门前，这时，崔立之等几位诗人、学生早就在门口等他了。大家寒暄了几句便走进青龙寺的院里。青龙寺早在隋开皇二年（582年）就建立了，当时称为灵感寺，唐初时曾改名观音寺，唐景云二年（711年）时改名为青龙寺。青龙寺是唐代佛教密宗的重要研修之地。唐时日本僧人空海、圆行等多人都曾在青龙寺受法。青龙寺建在长安城地理位置最高处的乐游原之上，南眺秦岭，北望皇城，春登佛阁可赏青山，秋坐僧廊能观红叶。所以，青龙寺不仅是佛家重地，也是长安人踏春赏秋的好去处。"秋灰初吹季月管，日出卯南晖景短。友生招我佛寺行，正值万株红叶满。……"（韩愈《游青龙寺赠崔大补阙》）就我们现在所能见到的文字记载，没听说青龙寺里有什么特别的壁画，但韩愈他们看到了什么呢？"……光华闪壁见神鬼，赫赫炎官张火伞。然云烧树火实骈，金乌下啄赪虬卵。……有如流传上古时，九轮照烛乾坤旱。二三道士席其间，灵液屡进玻黎碗。忽惊颜色变韶稚，却信灵仙非怪诞。……"（韩愈《游青龙寺赠崔大补阙》）这真是匪夷所思。到佛寺里去看壁画，却看到了道家的故事，这难道是韩愈自己对青龙寺壁画内容的解释么？韩愈的内心有着极其强烈的儒家情结，并吸收了不少中国传统道教的思想。实际上中国道教教义的许多方面都是从老庄思想衍化而来的，老庄思想也是古代中国文人必修的课程之一，其与儒家思想一道，形成了中国人特有的思维模式：行为上的中和，思想上的虚淡。这种思维模式延续了数千年，今天仍在许多文化人的血液中流淌，并影响他们的生活。韩愈当然是这种中国文化传统的代表人物，他的这种思想是以后发生"排佛事件"的重要根源。

韩愈和张籍的关系比较好，交往也多。在张籍患眼疾的数年里，为了帮助张籍的生活，韩愈还以张籍的名义为他写了自荐书给浙东观察使，希望能得到观察使的帮助安排一职务，以解妻儿之饥寒，以医自己的目盲病。不久，张籍的眼病好了，还当上了国子监的司业，这是一个协助国子监祭酒的副长官呢。心情好多了，事情也就做得顺了。这天，张籍的一位朋友从岐山回长安述职，给张籍带了一套《石鼓文》拓本。《石鼓文》唐代时就已经在陕西西部的岐州（今陕西岐山县）出土了，或者说一直就没有入土过，只是陕西的历代石刻太多，人们一没有去在意它。到了唐代，有意识地欣赏书法，有意识地研究古代石刻书法才开始兴起。在历代文字记录中，有明确记述石刻拓本、拓本工艺制作的文字始见于唐代，而在这些文字中就有韩愈的《石鼓歌》。

《石鼓文》因其文字刻写在鼓形的石头上，所以，后世人称之为"石鼓文"。这组石鼓总共有十面，世人又称之为"十鼓文"，因石鼓发现地一直在陕西岐州，故又称之为"岐阳石鼓"。有人又因石鼓上文字是记述帝王狩猎之事，也有称"石鼓文"为"猎碣"的。张籍拿着这套精拓的《石鼓文》兴冲冲地来到韩愈的府门之前。这个时期张籍已经搬到靖安里来住了，与韩愈是街坊，平日来往多，韩愈的家院应门人见是张籍来访，不用通报，就直接把张籍领到韩愈的书房。

"韩先生，今天我给您带来了一件好东西，请您欣赏一下。"张籍走进书房兴奋地对韩愈说着，然后把一卷纸递上。韩愈听罢也没有太大的反应，因为他走南闯北，又官居要职，见到的好东西太多了，看着张籍递过来的纸卷，他想："这又是谁写了几首新诗让我欣赏呢？"韩愈接过张籍递上的纸卷放到宽大的书案上慢慢打开。"诶，是拓本！"韩愈的眼睛里马上放出光芒来，他一页一页地翻看着，嘴里还不时地发出"嗯、嗯、嗯"的赞许声。韩愈对于碑刻、书法那可不是外行，他的叔父韩择木就是唐代著名的书法家，善写隶书，被称为蔡邕再世。在当时，谁家刻碑以能让韩择木书写碑文、李阳冰篆写碑额为最荣耀的事。韩愈少时在家中常能听到韩择木、李阳冰来说碑刻、谈书法，他自己也善于书写，所以，他自然也就对书法有一定的认识了。关于学习认识篆书，韩愈在《科斗书后记》一文中还记述了这样一件事情：

贞元年间，韩愈在河南节度使董晋门下为幕府，李阳冰的儿子李服之正好为开封令，二人相距不远，而且前辈之间也有交往，所以二人以世交相称。李服之知道韩愈好学，就将家中所藏大篆体《孝经》和汉代卫宏所撰《官书》一卷送给了韩愈。韩愈后来以四门博士回到京城长安，认识了著名的书法家右拾遗归登。归登长于古代文字，也善于讲古文，韩愈就将大篆书体的《孝经》《官书》送给了归登。后来有人经常让韩愈题写铭文，为了认识熟悉古文写法，他又从归登处索回了大篆体的《孝经》，临习数月，又请进士贺拔恕给他抄录了一本，然后才将书还给了归登。由此可见韩愈对书法的热爱与认真。

韩愈一页一页认真地欣赏着张籍带来的《石鼓文》拓本，一面辨释着文字，一面欣赏着拓工与纸张。大家知道唐代还没有大幅的纸张制作工艺，抄书的卷子都是由一尺一尺的纸张拼接而成的，那些由植物浆制成的纸张，经过染色、牙光称为"黄檗纸"。这种纸多是用来书写信札、抄写经文的，并不能用来拓碑。拓碑用的纸是一种蚕茧纸，坚韧而洁白，但这种纸张造价太高昂，所以，用茧纸来拓《石鼓文》也可见对此物的珍视了。张籍见韩愈不停地在感叹，就对韩愈说："先生觉得此件《石鼓文》拓本不错，何不作一首《石鼓歌》以为纪念呢？"诗人嘛，擅长作诗，又热爱作诗。于是，韩愈放下《石鼓文》拓本，走到书房南窗前，推开窗，向终南山眺望着，沉思了有两三分钟的时间，随口吟出："张生手持《石鼓文》，劝我试作《石鼓歌》。少陵无人谪仙死，才薄将奈石鼓何。"（韩愈《石鼓歌》）这是韩愈的感叹，杜甫、李白不在人间了，用诗来谈石鼓恐怕自己的才学难以达到。

韩愈是极其推崇李白、杜甫的，曾经有人说了李杜诗过时的话，韩愈极力斥责，并写出了"李杜文章在，光芒万丈长。不知群儿愚，那用故谤伤"的诗句。《石鼓歌》起首几句就用李杜二人来对照自己，可见韩愈在学问上的低调以及对李白、杜甫的崇敬。当然，我们在前面说过，韩愈对书法、石刻、历史都是内行的，所以，他根据石刻上文字的内容考定石鼓上文字是记录周宣王时的事迹。"周纲陵迟四海沸，宣王愤起挥天戈。……公从何处得纸本，毫发尽备无差讹。辞严义密读难晓，字体不类隶与科。"（韩愈《石鼓歌》）看看，韩愈说的可都是内行话。虽然后人根据文字的结体、文字发展史文献来考证石鼓上文字，应该是春秋战国年间秦国人所书写的，它不同于周时期的大篆金文，《石鼓文》上的文字书写与结体，与秦统一文字以后的小篆体有一定的联系。所以，韩愈在诗中说"字体不类隶与科"，即《石鼓文》书写与后来的隶书与科斗文大篆不相类，这是很正确的判断。韩愈在《石鼓歌》中回忆说：唐宪宗元和初年，有朋友曾经告诉过他石鼓在西府岐山的情景，还为他度量了石鼓的大小尺寸。韩愈把这件事告诉给了当时的国子监祭酒，希望他能上告皇上把这国宝级的石鼓用骆驼载至太学，盖上房屋保护起来，让学生们得以观摩学习古文。但朝中大佬们并不在意些事，还是继续让千年的石鼓暴露于山野，任牧童们随意敲打，让黄牛恣意磨角，日经月累损坏不少文字。想想那王羲之的俗字，数张纸片就能换来白鹅，而如此珍贵的千年古石刻文字却无人重视。韩愈感慨万千地作罢《石鼓歌》，就对张籍说："我也只能说到这儿了，不过此件拓本确实太珍贵了，我回来还要再认真读一读呢。"

出于陕西岐山的国宝——石鼓文，千百年来历经磨难，先从岐山被移至汴京，又被金人载到北京。二十世纪四十年代，抗战军兴，这十件石鼓又从北京转移到了四川峨眉，1948年后才又回到北京故宫博物院。从清朝嘉庆、道光年以后，第二鼓上文字已大损，仅存二十几字，第八鼓上文字全无。唐代时长安人尚能见到"毫发尽备无差讹"的《石鼓文》拓本，那是多么幸福的事！也可见长安城碑帖收藏的历史有多长啊！如果说在今天中国的金石研究领域，在碑帖收藏方面，长安是具有一定影响力的研究重镇，是对碑刻艺术有着普遍认知的城市，似乎也一点不为过。因为长安城有着近千年的历史文化传承，这种热爱文化的风尚今天仍然在继续着。

我在前面的文字里一直说，唐代的长安城并不是像现在的小区一样，一座楼连一座楼，然后分成无数个方块，然后再称之为里，称之为坊的。唐代的长安城实际上是在几条大道的分割下，形成了较为松散的社区，当时称为里、邑、坊。在里、邑、坊之间有着众多的绿地、树木，甚至田地，因此才有了韩愈"草色遥看近却无""绝胜烟柳满皇都"的诗境。因此才有了诗人张籍所居处"君居泥沟上，沟浊萍青青。蛙讙桥未扫，蝉嘒门长扃"（韩愈《题张十八所居》）的田原景象。说到青蛙，韩愈还专门写过五首诗说他如何饲养青蛙、观察青蛙的呢。

韩愈宅第的南墙边就是菜圃，但菜圃里没有水塘，青蛙是不会来的，于是韩愈就把几个大瓦盆埋在菜圃边，注入水。很快，就有几只青蛙被吸引过来，它们在盆池中鸣叫、嬉戏，看着这情景，还真有些郊外池塘的感觉呢。"老翁真个似童儿，汲水埋盆作小池。一夜青蛙鸣到晓，恰如方口钓鱼时。""泥盆浅小讵成池，夜半青蛙圣得知。一听暗来将伴侣，不烦鸣唤斗雄雌。"（韩愈《盆池五首》）当然，盆池不仅仅是为招引青蛙来，也可以种上莲藕，赏花观叶样样都有了。"莫道盆池作不成，藕梢初种正齐生。从今有雨君须记，来听萧萧打叶声。"（韩愈《盆池五首》）这就是唐代长安城中诗人们的生活。环境是可以根据人们的心愿改造出来的，意境是可以凭着艺术家的心灵去自我感受到的，这种诗人般的感受和体验，现代人是很少有了。

想到今年秋天读丰子恺散文时也曾见到过"盆池引蛙"的场景。丰子恺在抗战逃难途中，为了不失对孩子们的美育，在桂林某地暂住时，他也曾埋了瓦盆，引来蛙鸣，好让孩子们观察和体会自然之美。不知现在长安城中的人们是否能够想到这点呢？"池光无影水青青，拍岸才添水数瓶。且待夜深明月去，试着涵泳几多星。"（韩愈《盆池五首》）欣赏、体验大自然其实并不难，难的是你自己要胸有丘壑。

说到韩愈的宅院，让我想起唐代诗人段成式《酉阳杂俎》中的一段文字。说是韩愈当吏部侍郎的时候，有一远房的侄子来长安投他寻求帮助。韩愈的这个侄子年纪稍小，也就十三四岁，韩愈无法安排他工作，就让他到国子监下边的学院里陪伴年纪小的学生。但韩愈的这个侄子太顽皮，好打架，让他陪学生，他还以为是让他管教学生呢，所以，经常把小学生们欺辱得叫苦连天。韩愈看着不行，就让侄子到靖安里街西的寺院里去读书，想着寺里既安静又有僧人管教，或许小侄子能收束玩心，说不定还能读懂几本书，来年考个秀才啥的。可是刚过半月，寺院的主持纲复和尚就来找韩愈了，见面就诉苦："侍郎大人，您的侄子太顽皮，我们实在管教不了。前日吃饭，他在膳房里摔碎三个碗，今日泡茶，他在水房里又打坏两个盆。他每天晚上大喊大叫吵得僧人们都无法打坐念经，侍郎大人，还是让他回到您府上读书吧！"韩愈闻听赶忙道歉："啊，啊，啊，实在对不起啊师傅，我这就把他领回来，对不起，对不起！"韩愈爱面子，遇上这事当然只能是说好听的话了。

韩愈把这位远房侄子领回家后，严厉地申斥了一顿，说："哪怕就是街市上小商小贩，焗锅担担的多少也有一技之长可以讨生活呀，你这整日顽皮，如此下去有何下场？"他这侄子倒也不着急，给他叔父韩愈深施一礼言道："叔父，我其实有一门技艺，唯恨叔父没问过我。"韩愈的侄子指了指宅院东堂阶下的牡丹花说："叔父要是想让牡丹开出青、紫、红、黄各种颜色，我可以办到。"韩愈听闻后看了看侄子的脸，心想：你真有这本事？不是又想干什么馊事吧？韩愈当然是有教养的人，绝不会马上去打击别人的建议。因而，韩愈对他的侄子说："那好，你需要什么材料、工具我给你准备，就让你试一试。"

于是，韩愈的侄子就在东堂阶前搭了一个席棚，先把牡丹花丛遮挡起来，免得见到阳光，或者也有不想让别人窥视他如何干活的意思。然后深挖一坑到达牡丹根部，再将买来的紫矿石粉、白轻粉、朱红粉等放置在牡丹根部。当然，具体如何操作，他没有说，我们也无从知道，只是见他捣鼓了六七天时间才算完结。然后回填了土坑，对韩愈说："可惜时间迟了一个月，现在已经是初冬了，如果是在中秋节以后干这活效果才最好呢。"韩愈宅中的牡丹原来就是深紫的一种颜色，等到来年牡丹开花时，红、白、黄、紫、绿，异彩纷呈，甚至有些花瓣上隐隐约约还能看见有韩愈手书的字迹呢。韩愈为之震惊了，但这时侄子已辞别他回到老家江淮，再叫他来长安，侄子说什么也不愿意了。

公元819年2月9日，也就是唐宪宗元和十四年的阴历正月十日，长安城中不论皇族官宦还是普通百姓，人们的心中都有些嘈乱的感觉，上午刚过了巳时，差不多就是现在的上午十点钟，不少人就开始涌向长安城西北的开远门前。开远门内义宁坊、普宁坊、休祥坊、金城坊的街道上早已挤满了人群，人们都在翘首向西望着。哪位要问，你这打的是什么哑谜，人们跑到这儿来倒底是要等什么，要看什么？别忙，让我给你慢慢讲来。

　　唐宪宗李纯是一位非常向佛、崇佛的佛教信仰者，他不仅希望借用佛的力量保佑他的江山永固，而且也希望以佛的力量保佑自己长生不老。平日里他就在皇宫里参佛拜佛，但也时不时地去皇宫外的寺院里祭拜，比如大慈恩寺、大兴善寺、荐福寺宪宗皇帝都去过。他甚至还想学梁武帝舍身到寺庙里去成佛呢。当然，一是大臣们的极力劝阻，二是也舍不得离开皇宫的生活，所以，他也就只能在皇宫里努力参拜了。有一天，宪宗皇帝觉得十几年来一心向佛的功效似乎不大，有人说那是因为没有拜到真佛。那么，哪里才有真佛呢？宪宗皇帝早就听说在右扶风的法门寺里有一段佛祖释迦牟尼的手指骨，那可是真身呀！那真身佛骨里可包含了佛祖的真正力量，要拜就要拜这真身。于是，宪宗皇帝就委派了几位大臣和长安城里的百十余位僧人，代表自己去法门寺，要把佛骨迎接到皇宫来亲自供奉参拜。今天中午前佛骨就要到达长安城了，要从开远门进入，然后从皇城西边的安福门迎入宫内供养。

　　忽然人群一阵骚动，"来了，来了，来了！"不多时，只见两排彩旗队伍首先涌进城门，接下来是由众多僧人组成的乐队，鼓角、笙笛、铙钹，鼓乐齐响，声震于天。乐队之后有一黄罗幛，幛下有车，车上有轿，轿内金箱中供奉的就是佛骨。之后，一大群僧人、官员簇拥着轿幛缓缓走进长安城的开远门。围观的人群中有一些人开始激动了，跪拜、叫喊、哭笑，迎佛骨队伍踏起的尘土与围观人群的呼喊声交织在一起，把长安初春的料峭寒意荡到了天外。韩愈站在人群之后静静地观看着，一股厌恶之情在心中油然而起。前面说过，韩愈是非常传统的中国文人，也是一位对社会问题疾恶如仇的监察御史。在他以往的诗文里，常能见到韩愈对于人们过分崇佛的不满情绪："街东街西讲佛经，撞钟吹螺闹宫庭。广张罪福资诱胁，听众狎恰排浮萍……"（韩愈《华山女》）甚至在他送给僧人朋友的诗文中也不掩饰对佛教某些做法的意见。"佛法入中国，尔来六百年。齐民逃赋役，高士著幽禅。官吏不之制，纷纷听其然。耕桑日失隶，朝署时遗贤。……"（韩愈《送灵师》）韩愈想，这皇帝也真是，想安邦佑国，延长寿命，古人的方法多着呢。先不说黄帝、尧、舜、禹、汤，那都是寿活百年的先贤。就是开唐的几位皇帝，没有过分崇佛也能把国家治理得井井有条。想到这里，韩愈已经心跳不已了。他马上从人群中挤出，回到他在靖安里的宅第，敷纸研墨，刷刷点点，写下了数千字的《论佛骨表》，用来劝谏皇帝过分崇佛的行为。你想，皇帝正在兴头上呢，你泼上一盆凉水他怎能接受？很快，宪宗皇帝就以韩愈诅咒自己早点死去和妄议朝政而罢去韩愈的官职。要是别人，死罪肯定是没法免的，但韩愈在朝中的朋友很多，平时在社会上也有不小的影响，所以，由宰相裴度、崔群等人出面极力为韩愈辩解，说好话，认为韩愈虽然冒犯了皇帝，但他的出发点还是好的，也是为了国家社稷着想云云。还真不错，宪宗皇帝免去了韩愈的死罪，贬他到数千里之外的广东潮州做了个刺史。两年后，唐穆宗李桓继位，韩愈才回到了长安城靖安里的老宅之中。

韩愈的宅中有五棵楸树，分布在庭院之中，时值深秋，但叶子尚未脱落，茂密的树叶将院子遮蔽得阴阴的。韩愈坐在稍显得有些幽暗的东堂之下，对着昏黄的烛灯默默地发呆，也许窗外还能看到青黛色的终南山，甚至还能看到一缕夕阳与云彩交辉的绚丽彩带，但是，韩愈只是默默地坐着，不久，书童进来吹灭了烛灯，没有了亮光，也就更没有了声音。

唐长庆四年（824年）韩愈逝于长安靖安里，终年五十七岁。

长安落叶共秋水
推敲难定贾阆仙

　　长安的秋总是美好的，不论是在今天或是在千百年前的唐朝，不论是在郊野或是在城镇。

　　这天傍晚，在唐代京城长安最南边的安德坊东门，走进一位骑着葱白小叫驴的僧人，僧人骑在毛驴上东张西望，似乎在寻找着什么。

　　安德坊比较靠近长安城郭的边了，再走几步路就能出启夏门，那可就是城郭之外的乡村了，因此在这里居住的人非常少。偌大的安德坊内只有稀稀落落的几户人家，而且多是四邻不靠的小院。僧人来到坊门最近处的一座小院前，借着初升秋月的亮光，他辨认出这就是自己要找的地方。这座小院儿也真够寒碜的了，虽说是有院墙，却低矮残缺；虽说是有院门，却呼呼透风。通过大门可以看到院内长满了荒草，草色一直延伸到了主人居室的窗下、阶前。"噢，这就是我朋友李凝的家了。"僧人自言自语着就下了毛驴，走到院门前观看，见院内无动静，他就轻轻地推了一下用稀疏树枝组成的大门，大门未动，他又拍打了几下，院内仍无反应。僧人知道主人不在家，只得唉叹了一声，悻悻地离开。这时，秋月已经升到柳树梢头了，天色愈发的黑蓝，地上愈发的霜白，僧人骑上小毛驴沿着安德坊东门前的大街向北走去。

　　"闲居少邻并，草径入荒园。鸟宿池边树，僧敲月下门……"

　　僧人骑在驴上低着头，口中吟着诗，手上还不停地比画着："是推好呢？是敲好呢？"想着想着，僧人就已经来到永宁坊西边的十字街口了，再往东一拐就到了他居住的地方青龙寺了。突然，一阵铜锣声响，就听得有人发出严厉的呵斥声："站住，站住！长不长眼睛，没看见大人的仪仗经过吗？"僧人急忙抬头观看，这可了不得了，自己骑的小毛驴已经插到官人出行的队伍中间了。这时队伍中间的大轿缓缓落下，就听轿内有人问："什么事呀？""回大人，有一僧人骑着驴冲撞了您的仪仗。""问明原因。""是。"差人答应着就向僧人走去。不多时差人转来："回大人，僧人说他只顾吟诗了，没注意大人的仪仗，望大人恕罪。""噢！"轿内官员似乎很感兴趣，"吟的何诗，呈上来。"差人记性好，就把僧人所吟的诗背了一遍。"他正在纠结是用'推'好呢，还是用'敲'的好。"差人说。官员沉思了一下说："告诉僧人用'敲'字还是好些。"

　　在古代，老百姓冲撞官员的出行仪仗那可是大罪过，少说给你个三年牢狱，弄不好充军发配都有可能。今天僧人真算幸运，碰上了一个爱好写诗的大官，不但没怪罪，还让僧人与他并轿而行，大谈诗歌的创作什么的。这官员是谁呀？就是唐朝大大有名的京兆尹兼御史大夫、诗人韩愈！今天韩愈到曲江芙蓉园检查安保工作，明天九九重阳节皇帝要来曲江喝酒呢，不料却遇上了这个如痴如醉热爱吟诗的僧人。那你又要问了，这僧人又是谁呢？这僧人呀，就是晚唐鼎鼎有名的诗人贾岛。

贾岛，字阆仙，河北范阳人，少年时即出家为僧，后辗转到了洛阳，有人说贾岛在洛阳时见到了韩愈，韩愈见他有才，所以劝他还俗参加科举，贾岛这才来到了长安。又有人说，贾岛先从洛阳来访诗人张籍，在长安期间因"推敲事件"而认识了韩愈，这才有韩愈劝他科举的事。贾岛从二十几岁来长安，到他六十四岁去世，前前后后在长安生活了几十年，屡试不中，没有大功名，但却留下了不少脍炙人口的诗作，他的诗风不但影响了当时的不少诗人，同样影响了后世的许多诗人。他的诗清劲孤冷、语词简洁，与同时代的诗人孟郊在风格上十分相近，所以，苏东坡称此二人为"郊寒岛瘦"。后人以为这是苏东坡的贬意之词，但我看不像，读读贾岛的诗你就会感觉到，他的诗作风格是清劲，而不是枯瘦。

贾岛刚来长安时是以僧人的身份住在安邑坊边上青龙寺的。青龙寺位于唐长安城最高处的乐游原上，青龙寺在隋代时就建成了，当时叫灵感寺，后来又叫了几年的观音寺，唐睿宗景云二年（711年）改名为青龙寺。青龙寺不仅景色好，而且也是唐代长安佛教流派密宗的重要传播寺院。因为重要，所以在此居住的高僧很多，贾岛来此也是为了学习的。

"一夕曾留宿，终南摇落时。孤灯冈舍掩，残磬雪风吹……"（贾岛《题青龙寺镜公房》）

　　青龙寺在长安城最高地区之上，眺望终南山是很容易的事。贾岛住在青龙寺南土岗的僧舍里，虽说是孤灯陋居，但时时能望见终南山，却也让诗人的心里宽慰了不少，而且还时时向往不已。"秦分积多峰，连巴势不穷。半旬藏雨里，此日到窗中……"心向往之，有机会当然就要去终南山游览一番。这天，鄠县李廓约贾岛去终南山沣峪口内的净业寺一游。净业寺距长安城很近，骑着毛驴从长安城明德门出来，一个多时辰也就到沣峪口了，进峪口顺着山路向南再走五六里路，靠着左边的山路登上去就是净业寺。净业寺是中国佛教律宗的发源地，唐代以后多位律宗高僧都曾来此修行讲课。这天，李廓邀贾岛来净业寺当然不是为了听高僧讲戒律，此处的风景优美才是真正吸引人的地方。终南山是秦岭山脉的一部分，或者说是秦岭山脉在长安境内这一段的山名。秦岭山脉的山石结构坚硬，裸露的山石多呈大斧劈的形态，最适合中国山水画中雄强一派作为楷模，近代绘画大师张大千最得力于此类山石的神形。我每次走进沣峪口，走进秦岭山中，总感觉是在体验自然地理的生成史、演变史。这种自然的美，这种鬼斧神工力量造成的山石景色，在中国其他山系中是很难见到的。体会这种山石，定会让你产生一种敬畏大自然的诚心。

　　当然，贾岛是诗人，诗人是从景象中得到感受，然后再用幻化了的语言表现出来。"来从城上峰，京寺暮相逢。往往语复默，微微雨洒松……"（贾岛《净业寺与前鄂县李廓少府同宿》）我最喜欢"往往语复默"的意境，好朋友约会，或喝着茶，或品着酒，有一搭没一搭地说着话，也许有一阵时间大家各自低着头想着各自的心事，都不说话，无声胜有声。忽然，有了一个新话题，各自表述完，又是一次新的沉默。有一位谙于茶道的朋友总是告诉我，喝茶时要安静，既要体会茶叶本身的味道，又要关注茶具、水温、泡茶的动作和过程。说这是一种修为，也是一种对生命的体验。我大约凡心未脱，俗情未尽，每每与朋友喝茶时总是在努力听朋友说些什么。大家关注的是泡茶，而我却默默地凝视他泡茶时脸上表情的变化。这时，心中便生出两句诗来："原本玉茗解烦渴，怨恨陆羽支节多。"呵呵，难道我也是诗人，虽然我也随着"语复默"，但心里还总是想说点啥。

贾岛从净业寺下来，向西北方向走不远就来到草堂寺了，因为他的堂弟在此寺出家，法号无可。草堂寺的历史很是悠久了，据传后秦时代的高僧鸠摩罗什就曾在此讲经、译经，至今草堂寺内还有鸠摩罗什的舍利塔呢。在草堂寺西跨院中有一眼水井，每当傍晚时分，总能见到一股白色烟雾从井中升腾而起，飘飘摇摇，弥漫缭绕在寺院的上空。从远处瞭望，草堂寺就好像是在仙境中一般。后人在编写"长安八景"时，把草堂寺的这种景色也收录其中，命名为"草堂烟雾"。有人问，"草堂烟雾"是什么原因造成的呢？其实很简单，因为在草堂寺周边那一带地下有丰富的地下热水资源，特别是在冬天，地下热水与地面冷空气相遇肯定会形成白色热气从井口升腾，如果是在夏季，傍晚时地面温度一降，井中的水气也会腾起，这也能形成"草堂烟雾"这种景象。贾岛当然不是去欣赏"草堂烟雾"的，贾岛是去访他的堂弟无可上人的。

"圭峰霁色新，送此草堂人。麈尾同离寺，蛩鸣暂别亲。独行潭底影，数息树边身。终有烟霞约，天台作近邻。"（贾岛《送无可上人》）贾岛原本是僧人，这时候已经还俗开始应举了，当然屡试不中那是后话，这时候他还是给堂弟无可留了个口实："说不定我还要回到寺院，与你为邻呢。"这些事咱们当然不必去管他，咱们主要是看他在草堂寺见到了什么。这样，我们再去草堂寺游览时也许会对照一下，体会体会古今风貌有何不同。"僻寺多高树，凉天忆重游。磬过沟水尽，月入草堂秋。穴蚁苔痕静，藏蝉柏叶稠。名山思遍往，早晚到嵩丘。"（贾岛《寄无可上人》）过去的寺院美在静，美在疏。路边有蚁穴形成的小土堆，有没人踏过的青苔，蝉在茂密的树叶丛中鸣叫，这就更显得寺院里的空旷和幽静了。现在的草堂寺静还是挺静的，但疏意不够，游人如织，总觉得与清静禅林有些隔阂。当然，现代人在意的是景色，具体佛寺禅院有什么含义那真不重要。

前面说过，贾岛很年轻时就来到长安了，听了韩愈的劝导，他决定应举以展现自己的才华，这当然是韩愈的想法，并不是贾岛的本意。贾岛毕竟骨子里是诗人，诗人就会有有别于一般人的想法，所以贾岛每次应考总是觉得主考官出题出得太偏，按照他的想法去写策论、写应试题，那肯定不行。这大约是第五次应试了吧，在唐长安务本坊的国子监内坐了数百名举子考生，其中当然有贾岛。你看他旁若无人，自言自语地说着："出的啥题目，这就不是人话。《仕子能否戍边》这是个策论题吗？看看这些举子装模作样地还在那里写呢，别逗了。"贾岛的声音太大，监考官可不乐意了，马上过来制止。但贾岛这边也有几个同类人，大声援助："就是，就是，题出得不对还不让人说，这就是胡闹！"结果这些人都被监考官赶出了考场。而贾岛等人也被"授予"了"考场十恶"的称号，以后不准他们再参加考试了。

有这事没有嘛，是不是编造的呀？你可能会这样问。这当然不是我编造的，宋代孙光宪的《北梦琐言》中就记有此事。北宋距唐不远，应该不会是空穴来风吧。贾岛屡试不第肯定是真的，没有功名也就没有了俸禄，生活状态当然也就会急剧下降了。没有经济收入，没有生活来源，没有人生目标，这时才会真正感到"长安之居大不易"了。

"下第只空囊，如何住帝乡。杏园啼百舌，谁醉在花旁。泪落故山远，病来春草长。知音逢岂易，孤棹负三湘。"（贾岛《下第》）诗人科举落第，发些牢骚也是情理之中的事，但感到荷包空涩，举目无亲时，那才是要命的事呢。贾岛还俗应考后也就不便在青龙寺住了，从青龙寺搬出来后，只能去他的诗友法乾上人的寺院里住了。法乾上人是静法寺的和尚，静法寺在唐长安城朱雀大街西边对着皇城西南角的延寿里内，旧址基本上在今天丰庆路的南侧，大唐西市商业区以北的地区。延寿里比较偏僻，虽出行访友不甚方便，但对于一个身无分文的落第文人来说，能有存身之所已经是够好的了。静法寺在偏僻的延寿里内，香火自然也不会旺盛，这倒落了一个清静。"旅托避华馆，荒楼遂愚慵。短庭无繁植，珍果春亦浓。侧庐废扃枢，纤魄时卧逢……"（贾岛《延寿里精舍寓居》）《唐才子传》上说："时新及第，寓居法乾无可精舍。"这里有两个问题：一、"时新及第"好像是说贾岛"进士及第"了，但史书、杂记上均未见记录，难道这是说"贾岛刚刚参加了新进士的考试"之意？二、"寓居法乾无可精舍"，"无可精舍"与贾岛的堂弟"无可上人"有无关系，这种同名容易让人误解为贾岛去无可上人处居住。细读其他文字则知，"无可"只是名称，这里的"无可"也许是法乾上人在静法寺的精舍名。贾岛诗集中有《僻居无可上人相访》的诗，可见这里的"无可"非无可上人的居所。《唐才子传注》及刘枫主编的《贾岛诗集》等书中均称"法乾精舍亦未详在长安何处"。但贾岛诗中明确有《延寿里精舍寓居》之题名，可见贾岛自青龙寺搬出后即居住在延寿里法乾上人的无可精舍了。当然，这里毕竟不是史学论文，如果有人考出贾岛寓居精舍的确切人和事，那我肯定乐于接受，在这里我就不用过多考证了。但贾岛寓居延寿里那是没有问题的，他在《延康吟》一诗也明确说了："寄居延寿里，为与延康邻。不爱延康里，爱此里中人……""里中人"是谁呢，张籍呀，张籍住在延康里，而且二人同号称为韩愈的门人弟子，关系自然要亲近许多了。

贾岛住在延寿里，张籍住在延康里，中间就隔着一个光德里，也就是两三站路的距离，但中间要过一条漕渠上的小桥。流水潺潺，还真有点江南水乡的味道呢。这天，贾岛骑着他的那头有点老了的小毛驴出延寿里东门，向南拐就奔延康里张籍的家去了。这时也是秋天，而且将近重阳了，长安街头的槐树叶已经开始飘落，黄叶或微带些绿意的树叶都纷纷地落了下来，槐树的落叶和长出新叶的时间都是很快的。很快的落叶是为了让树干减少养分的消耗，保持机体的营养为来年的生长提供保障，槐树的这种特点正是它能在长安城生存数千年的原因。槐树叶夹着杨树叶飘落在长安街上，一阵秋风吹过来，吹起地上的叶，又吹落树上的叶，黄叶与微黄的叶交织在一起飞舞着。行人走在落叶上发出沙沙的声响，这是一种只有在长安深秋里才有的天籁之声。贾岛骑在毛驴上对着此情此景沉醉了，随口吟了一句"落叶满长安"。"好，这句贴切。"他心里说着。那么另一联怎么对呢，贾岛可犯愁了。贾岛作诗最注重练句，最注重对仗的工稳，他的这种执着还经常被近代的诗人们诟病呢。其实唐代诗歌之所以辉煌就是在于它在表现风格上的多样性、严整性与轻松性都是在规则中进行的，有无诗意、有无意境才是重要的。

贾岛走着想着，就来到了光德坊东门口漕渠的小桥上，从桥上看见渠水潺潺流动着，贾岛忽然用手拍了一下小毛驴的脖子："有了，另一句应该是'秋风吹渭水。'"贾岛心里美滋滋的。"哈哈，这也就是我，放别人也就真犯难了。"贾岛正在低头想着把这两句怎样融入诗中呢，又出事了！

可真是无巧不成书，贾岛骑着毛驴刚过光德坊东门口的小桥，一头就又撞进了一队官人的仪仗队伍里。这次贾岛不敢怠慢了，下了毛驴对着仪仗队前面的差人赶忙作揖，不停地赔不是。差人可不管这些，先抓回去再说。走在路上贾岛一打听，嘿，这次冲撞的还是京兆尹的队伍，这位新的府尹大人叫刘栖楚。贾岛心里想："这位刘大人不知道好说话不，因为没有韩愈的名气大，可能并不喜欢诗人，估计这次难以脱身了。"想着想着大队人马就来到了光德坊，因为京兆府的衙门就在这里，就是现在太白北路边家村工人文化宫那一带。进了府衙，差人们把贾岛先放在门房内等候府尹大人发话处理，可是不知刘大人忙什么事呢，一直就没理这事。

第二天早上差人去问询大人，大人才知道那里还押了一位冲撞自己仪仗的人。刘大人对差人说："去问一下，昨日为何冲撞仪仗。"差人答了一声"是"，就去府衙门房审问贾岛了。贾岛因为有了上一次的经验，这次把如何为吟诗而入迷的事大大地形容了一番，又把那得意的两句诗背给差人听，请差人给大人美言几句。你别说还真有效果，这位京兆府尹刘栖楚虽然不是有名的诗人，但也是进士出身呵，而且知道贾岛是前任府尹韩愈的门生，所以，也就网开一面把贾岛给放了。

贾岛想去访张籍没成，又被关了一宿班房，心里肯定不高兴，但不打不成交呀，刘栖楚不但没处罚他，还跟他成了朋友。等贾岛以后去了外地，还给刘栖楚写过诗诉说离别之情呢。"趋走与偃卧，去就自殊分。当窗一重树，上有万里云。……岁暮傥旋归，晤言桂氛氲。"（贾岛《寄刘栖楚》）

虽然贾岛与孟郊都称是韩愈的门下，而且后人也将孟贾并称，但贾岛比孟郊要小近三十岁呢，二人互相知道却从未谋过面。贾岛在《投孟郊》一诗中有"生平面未交，永夕梦辄同"可证。

贾岛在长安时因为爱诗，经常袖揣诗稿去找张籍，去找韩愈求教呢。

"袖有新成诗，欲见张韩老。青竹未生翼，一步万里道。仰望青冥天，云雪压我脑。失却终南山，惆怅满怀抱⋯⋯"

　　贾岛多次应试不第，于是他就干脆多写一些诗用来调节心情，这大概也是唐代文人的重要生活方式之一吧，因为诗或能打开一扇新的生活大门。贾岛从延寿里出来，先到延康里张籍家中访问。前文说过，张籍的家也实在是清贫得很，贾岛骑在毛驴上，目光越过矮墙一眼就把张家小院里看了个清清楚楚。贾岛这次也不推门，也不敲门，只是隔着墙头喊了两声："张先生，张先生！"见院中无人答应，贾岛便掉转驴头，心想："肯定是去了靖安里韩愈先生的家了。"出了延康里的东门向东走，穿过三个街坊再向南拐，过了永乐里就是靖安里了。贾岛骑在毛驴上看得远一些，他不经意地朝永乐里望了一眼，只见永乐里西南角有几座高大的阁楼特别显眼，贾岛听说过，那就是司徒中书令裴度的府第。前几天去延康里路过兴化里时，贾岛见裴度又在扩建他的花园池亭，据说扩建时还拆迁了不少民居，引来了许多议论。因此，贾岛还写了一首《题兴化寺园亭》的诗，以讽其过度的铺张与无益处。"破却千家作一池，不栽桃李种蔷薇。蔷薇花落秋风起，荆棘满庭君始知。"稍稍了解唐代长安历史的人都知道，长安城中没有"兴化寺"一名，裴度也不可能在"兴化寺"中建园林池亭。裴度的花园池亭应该在兴化里，后世许多书上引用此诗时均作《题兴化寺园亭》显然是错误的。也许是因为历代刻书手民所抄造成的笔误吧。这首诗正确的名称应该是《题兴化里园亭》才对。

今天路过裴度的府第，想起了兴化里的园亭的事，贾岛心里一直还在为此忿忿不平呢。但今天是要去拜访张籍和韩愈谈论诗歌的事，情绪上还是要愉快一点才对。

贾岛居住在长安城中比较偏僻的延寿里，平时很少有人来访的，按着他自己的说法："自从居此地，少有事相关。"（贾岛《僻居无可上人相访》）没事时，隔着墙头看看邻家荒疏的园圃：低洼处，下雨积存的雨水已经形成小池塘，通过池塘的水面竟然反照出远方的山与附近的树，这种景象在盛世长安城的一角倒也是别有情趣。当然，大唐京城长安并不都是高门大宅、亭台楼阁，竹篱茅舍的小宅院还是有很多的。特别是在朱雀大街以西，以及长安郭城的南城边一带，人少地广，虽然也分为数十个坊里，但与皇城边、曲江池一带相比，建筑和人口就是农村与都市的差别了。要不然唐代诗人的许多吟长安诗今人多以为是写郊外呢，有人甚至误以为是田园诗，实际上那也是唐代长安风物的一部分。

"阶前多是竹，闲地拟栽松。朱点草书疏，雪平麻履踪。御沟寒夜雨，宫寺静时钟。此时无他事，来寻不厌重。"（贾岛《宿赟上人房》）

赟上人的房舍在哪里呢，就在长安城东春明门内的道政里。从终南山引来的山泉水经黄渠流入东市南边的放生池，又流入兴庆宫的龙池。而这条黄渠就是要从道政里通过的，民间称黄渠为御沟，也就是皇家专用的水沟。所以贾岛诗中才有"御沟寒夜雨"的景色呢。

"原西居处静，门对曲江开。石缝衔枯草，查根上净苔。翠微泉夜落，紫阁鸟时来。仍忆寻淇岸，同行采蕨回。"（贾岛《访李甘原居》）

哪里是乐游原下、曲江池畔的宅院，这简直就是终南山下的农居。

我们再来看看贾岛的邻居杨秘书居所的情景："城角新居邻静寺，时从新阁上经楼。南山泉入宫中去，先向诗人门外流。"（贾岛《杨秘书新居》）诗中所说的"城角"当然是长安皇城的西南角了，这里就是贾岛和杨秘书所居住的延寿里，"邻静寺"就是说"邻近安静的寺院"或者就是"邻近静法寺"。"南山泉入宫中去，先向诗人门外流。"这里的"南山泉"指的就是从终南山引到长安城，由安化门入的春明渠水。春明渠经安乐、宣义、兴化、太平、延寿、布政等坊里，由皇城西边的顺义门进入皇宫内。此渠开凿于隋代，初称"清明渠"，后因其穿过长安城皇宫边的金光门、春明门大街，故长安人多称其为"春明渠"。露天

唐皇城内的放生池，今为莲湖公园

的春明渠进入皇宫后就改成了大青砖砌成的一米见方的暗渠，然后再导入皇宫内各处的池沼内。我们家的老宅子就在唐皇城内宫广运门的旧址边上。记不清是七十年代的哪一年了，大家都在挖防空洞。忽然有一天，邻家挖出一条青砖砌成的通道来，那时我还小，感觉到那条通道定有一人多高，大家议论纷纷，有人说这是古代的防空洞，有人说这是特务的秘密地道，七嘴八舌，谁也说不明白。几个胆大的小孩子准备探秘了，他们将一把扫帚涂抹上菜油当成火把点着，然后鱼贯进入砖砌的通道里。这条通道是向东边延伸的，几位小孩子进入后许久不见消息，傍晚的时候才听人说，他们通过地道走进了莲湖公园里，省了门票钱，自然要玩上半下午才回家。莲湖公园有莲花池，据说那是唐代皇家的放生池。这条大青砖砌成的通道就是春明渠的一部分，它把终南山的泉水引入皇宫，又引入放生

莲湖公园

池。这个放生池就在皇宫承天门内，正好与广运门是一条线，大约这条渠就是沿皇宫城墙修筑的。在明清时期，有人写文称，在长安城中有不少水渠分段修有竖井，渠水还能饮用。这也许就是唐代春明渠的遗存了，可惜现在已不能见到。

贾岛诗中这位"杨秘书"是谁呢？就是唐代诗人当过员外郎、太常博士、国子监祭酒的杨巨源。白居易有《赠杨秘书巨源》诗，元稹也有《和乐天赠杨秘书》诗。张籍甚至有与贾岛同名的《题杨秘书新居》诗："爱闲不向争名地，宅在街西最静坊。"可见延寿里在当时确实是偏僻而安静的地方。

延寿里虽然偏僻，但其中的静法寺还是比较有名的。静法寺创建于隋开皇十年（590年），也称净法寺。在寺院的西院有一座木塔，高二三十米，重重叠叠，斗拱飞檐，异常华丽。贾岛时不时就上木塔来眺望终南山，吟诗作句。有一天，唐宣宗微服出行，当他从静法寺木塔下经过的时候，忽然听得塔楼上有人吟诗，"秋日……，登高……"等诗句传了出来。宣宗皇帝也爱诗，听得有人吟诗就来了兴趣，回头对随行的太监和护卫说："走，上楼看一下去。"等上了二层楼上一看，嚯！房间还挺大的，但没有多少家具陈设，只见南窗下有一书案，案子上还放着笔墨纸砚。宣宗环顾了一下房间，没人。走近书案前一看，有人刚刚在诗笺上写了半首诗："秋日登高望，凉风吹海初……"唐宣宗虽然不如唐玄宗那样有才情，但他也是有一定文学素养的人，儿时也读了不少书，也作了不少诗，唐代人对诗歌的热爱那是上自皇帝下至百姓没有分别的。唐宣宗拿起诗笺正在品味这半首登楼诗，忽然，身后伸出一只手来，"唰"地一下把诗笺夺了过去："你是谁呀，怎么随便动别人的东西？你认识字不，还装模作样拿着纸看来看去。"说话的当然是贾岛了，他刚才上三楼又去四下眺望了一阵，心中酝酿出了下半首诗句，下了楼正想写出，却见有人在动他放在案子上的诗笺。诗人的心理都是特别敏感，特别细腻，也还有些许神经质，特别不喜欢别人动他的东西，无论他把东西放得是如何的整齐或如何的乱。贾岛从宣宗手上夺过诗笺，上一眼下一眼地看了看宣宗皇帝，他当然不认识了。"你是谁呀，也不言语一声就拿起来看，你懂不懂呀？看你衣着还算人模人样，下楼左拐到酒肆里吃酒去，这地方不是你待的。"宣宗身旁的人一听此言就想发作，宣宗用眼光一扫，制止了他们，然后对贾岛说："这位师父，看你身着僧人服装想你是出家的和尚，不知师父在哪座古刹出家，贵法号怎样称呼？"贾岛不耐烦地说："这你管得着吗，赶快下去，赶快下去！"宣宗弄了个自讨无趣，但又不好发作，只得大红着脸悻悻地下了塔楼。

不一会儿，静法寺的方丈知玄法师匆匆上楼来，见贾岛在楼上正写诗，就问他："贾先生，刚才是否有人登楼了？"贾岛说："有呀，一伙酒囊饭袋之徒，竟然还乱动我的诗笺，让我赶下楼去了。"知玄方丈一听容颜更变："唉呀，不好，那可是当今的天子宣宗皇帝呀，这可如何是好！"方丈一边跺着脚，一边搓着手，来回地转圈圈。贾岛一听刚才那人是当今皇上，心里也有些慌乱了："大师父，大师父，你看这事如何处理？"知玄方丈只是摇头，说："我也不知如何处理，要不你去皇宫门前跪请皇帝恕罪，看皇帝如何处置吧。"

贾岛还真去请罪了，皇帝当然不能太发火，这样有失他的身份。皇帝问明贾岛屡试不第，也没有职务，但过去还有贡生的功名头衔，于是就把他以前的贡生革除，弄了一个白板清水的小官，把他发到遂州任长江县主簿，那只是一个九品的文书小吏。

贾岛当然再也不能回京城长安了。

贾岛在唐代诗人里面很是有名，后世的学生们读唐诗，书法家写唐诗，几乎无人不知贾岛"松下问童子，言师采药去"的诗句。但关于贾岛的生平事迹史书上却都是"语焉不详"，甚至有人说月下"推敲"撞韩愈、"长安落叶"撞刘栖楚等事都不一定有过，至于与皇帝抢诗稿那就更是传说故事。好吧，我在文章中一再说，这里不是史学论文，不一定非要考证出一切事件的来历，只要贾岛他本人诗文中曾经有的人与事，只要古代其他文字中有与此相关的人与事，我们都可以采撷。因为故事和大众记忆也是历史的一部分，我们通过这些故事同样也能够了解历史，感受历史。当然，前提条件是不能为了自己的目的而嫁接历史，编造历史。因此，贾岛在长安的故事也只能这样结束了。

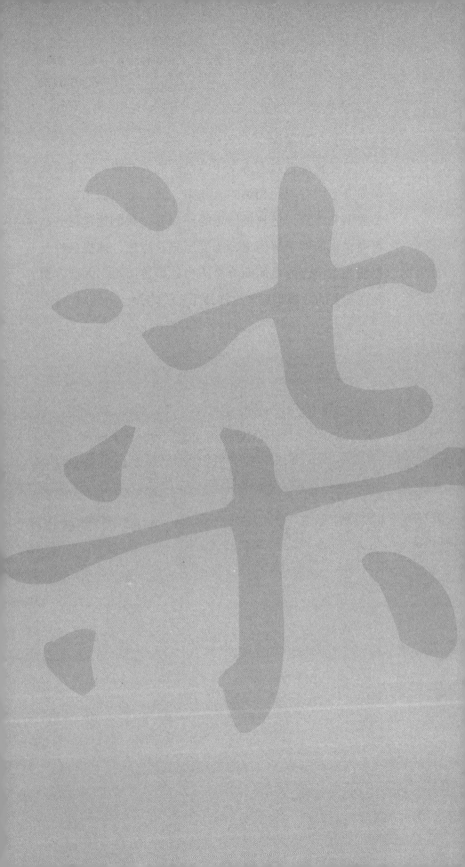

才情济世三进退
诗称国手刘梦得

刘禹锡，字梦得，祖居洛阳。唐代宗大历七年（772年）生人，唐武宗会昌二年（842年）去世于洛阳，享年七十岁。唐德宗贞元九年（793年）二十一岁的刘禹锡第一次进长安应进士考即中第，第二年又通过了博学宏辞科与吏部举行的取士科举，"连登三科"后即被授于太子校书、淮南节度掌书记、监察御史等职，后又为"屯田员外郎"，专门处理盐铁公案。据《宣武盛事》记载当时的工作情景："门吏接书尺日数千，禹锡一一报谢。绿珠盆中日用面一斗为糊，以供缄封。"光贴信封的浆糊每天就要用去面粉一斗，可见当时工作量之大及忙碌的状况了。

忙碌的原因是由于宰相王叔文带领刘禹锡、柳宗元等人在皇太子李诵的支持下，进行了一场自上而下的革新运动。这时，刘禹锡已经住在长安城朱雀大街东侧在朱雀门南第四坊的光福里了。光福里旧址在今朱雀大街小雁塔南边陕西省体育场一带，刘禹锡每天要从这里去宫内上班，路途不算远，而且皇帝也时时给这些努力工作的官员送上一些实惠。贞元十六年（800年）腊月，德宗皇帝让使臣霍子璘来到皇城内的集贤院，给刘禹锡等人赐发贞元十七年（801年）新日历一轴，另外还有擦脸油、抹唇膏之类。这在长安北风呼呼的冬天那可是非常实用的东西，比那金花银盒、含棱盒要实用得多。难怪刘禹锡在给皇上的《谢历日面脂口脂表》中感谢道："玉历爱授，知四气之环周。……膏凝雪莹，含液腾芳。顿光蒲柳之容，永去疠

唐代诗人在长安

西安南门外小雁塔下

疵之患……"距今天稍微早一点的时候，我们把擦脸油都叫作"雪花膏"，读了刘禹锡的文字我们知道了，在唐代时就把擦脸润肤的"面脂"形容成"雪花膏"。唐代的"雪花膏"不仅能把树皮一般粗糙的面部抹光洁了，而且还能祛除面部的皮肤疾病。也不知道唐代的"雪花膏"是怎样的一种配方，但这种把擦脸油、"面脂"形容为"雪花膏"的称谓在长安一直延续了上千年之久。二十世纪七十年代以前，公私百货商店不用说了，在长安城中就有一位专门走街串巷贩卖"雪花膏"的人，差不多在长安城中居住超过五十年的人都还记得他。

五六十年前，长安城中的人口还不算多，特别是夏季的午后，街道上总是空旷无人的。也许就在这个时候，有一种略带吴下腔调的声音便会飘飘荡荡而来："雪花膏……"这声音并不高亢，也不尖细，但它却能穿墙过院，把正在享受长夏午睡的人勾引起来，老婆婆唤起老头子，小媳妇推醒小丈夫，儿童们似乎也兴奋地倒履而起，跑向大门之外。你要问了，一个卖"雪花膏"擦脸油的人有何魔力而会让人如此燥动？这当然是有原因的。先是卖"雪花膏"人的形象就很奇特，此人大约有五十岁，个子不高，腰弯背驼，脸几乎都要挨到了地上。行走时双手背后，背后的手上提着一个长方形的、带有盖子的藤萝筐，筐里面有三四个大口的玻璃瓶，那里面装的就是"雪花膏"。

　　"雪花膏……"卖"雪花膏"的人已经走到了巷子内一棵大槐树下，悠悠扬扬地又吆喝了一声。然后，不知从何处取出一个极小极小的板凳，坐下来，把放在面前的藤筐盖打开。三五个小孩子便会围了上来，盯着这位驼背的卖"雪花膏"人，似乎想知道这怪人会出什么奇招。只见这驼背人边用抹布擦着筐内的瓶盖边唱道："雪花糖，雪花糖，小孩儿吃了不尿床！"孩子们听了"哈哈哈"的一阵大笑。这时，驼背人慢条斯理地取出一个小瓶，拧开瓶盖，从里面倒出来一些如绿豆一般大小的白色糖粒，然后发给围观的小孩子每人一粒。小孩子得到了那小如绿豆的雪花糖，含在嘴里便喜气洋洋地一轰而散了。"从东京，到西京，买的没有卖的精"，驼背人又唱了几句，这时已经有人手里拿着小瓶来买"雪花膏"了。"雪花膏"有三四种，价格高低不同，据说是因为配方不同而致。据驼背人说，他的"雪花膏"配方是祖传的，有好几百年了，也许是唐代传下来的也说不定。不过听另外有人说，驼背人的"雪花膏"其实是从东大街中山百货大楼批发来的大瓶，然后分成小瓶再来零售的。价格低的掺水多一点儿，价格高的掺水少一点儿而已。"哦哦"，要是那样有多么扫兴啊。人们一直认为驼背人所卖的"雪花膏"味道香，油性大，最能滋润北方人的手脸。要么走街串巷的驼背人为何受人欢迎呢？我们还是相信他的配方是祖传的吧，相信他的配方说不定来自唐朝。可惜现在驼背人的雪花膏与他那悠扬的吆喝声永远也不会再有了。

人要是心情好了，看什么都是那么顺眼。刘禹锡在长安城中前后生活了十五六年时间，以唐贞元年间在长安生活的时间为最长，工作也较为顺利。工作之余，与白居易、元稹、裴度等人多有诗词唱和之作。其中《同乐天和微之深春二十首》从多个角度把长安城的春天景象表现得细致入微。下来就让我们一层一层地欣赏吧。

"何处深春好，春深万乘家。宫门皆映柳，辇路尽穿花。池色连天汉，城形象帝车。旌旗暖风里，猎猎向西斜。"

要说长安城的春景，当然要先从帝王家开始讲了。春日深深的皇宫大内里，宫门内外嫩柳相映，道路两旁全是花草，人们就像是从花海中穿过一样。那方整中正的宫城就像皇帝的龙辇之车，辉煌而充满了暖意。

"何处深春好，春深执政家。恩光贪捧日，贵重不看花。玉馔堂交印，沙堤柱碍车。多门一已闭，直道更无斜。"

"执政家"就是宰相王侯的家了，侯门深似海，大门掩闭，那里面的春意只有从墙头探出的枝叶上，外面的人或许才能有一些猜度。宰相王侯家的春不在于看花，而在于体会春意。

"何处深春好，春深大镇家。前旌光照日，后骑蔼成花。节院收衙队，球场簇看车。广筵歌舞散，书号夕阳斜。"

"大镇家"当然是藩镇、节度使的家了。节度使春日出行，前队旌旗招展，光彩照人；随后的马队紧密而行，团团紧簇如花锦。春日长安总有马球比赛，人们相拥着不仅是为了看球赛，也是为看球场边各款各色的辇车。

"何处深春好，春深贵戚家。枥嘶无价马，庭发有名花。欲进宫人食，先熏命妇车。晚归长带酒，冠盖任倾斜。"

长安城中的皇亲贵戚家到了春天当然是欢乐的。马厩内养着千里马，无事嘶鸣；庭院种着名品花，香风阵阵。春天里皇帝还时不时地请这些贵戚们进宫宴饮。能进宫宴饮当然是荣幸的事，所以，一起进宫赴宴的妇人用车都要用香料熏上半天，香车宝马嘛，以免有什么怪味坏了宫内的气氛。欢宴归来，出了宫门，那就不用管那么多了，人也醉倒在车上了，车顶的华盖也倾斜不正了，春天的欢乐就是这样。

长安城中的皇亲贵族、官宦大户在春天里自然是铺张得很，但普通人家也不是不去享受春天的温暖。小孩子们拖着竹竿当马骑，成群结队在街道上嬉戏打闹，几个调皮的顽童，已经爬上了邻家的围墙，折下初开的杏花，互相追逐，粉红色的花瓣散落在墙下道边。"咚，咚，咚！咚，咚，咚！"一阵羊皮小鼓的声音传来，几个兴高采烈的小姑娘围在一起，互击小鼓，做着猜谜的游戏。长安城春天的暖意都写在孩子们的脸上。

只有辛苦的农家还要趁着春天的阳光裁修果树、平整田地、修理水车，这一年的收获全靠春天的准备工作呢。

"何处春深好，春深种蒔家。分畦十字水，接树两般花。栉比栽篱槿，咿哑转井车。可怜高处望，棋布不曾斜。"

大约在明代以前中国人是绝少使用玻璃镜子的，古代人多使用铜镜，铜镜的表面经过特殊处理，镀上一层水银或近似于铬的金属材料，使铜镜表面光洁明亮可以照人。这种工艺在中国历史上的春秋战国时期即已成熟，到了秦汉时期更是得到了发展。唐代则是中国铜镜工艺制作的顶峰时代，无论是工艺、造型、品质都是上下千百年无法比拟的。铜镜工艺技术的发展是随着人们对生活质量的更高要求，人们对自身仪容仪表美的追求而产生的，这也是人类文明发展阶段的一个标志。唐朝人爱美，所以，唐朝人也喜欢铜镜，那时候差不多长安名士的身上都带着一面铜镜。有一天白居易出门喝酒忘了带钱，就把随身所带的一面菱花铜镜给酒铺抵账了，白居易还作了一首《镜换杯》的诗，为自己解嘲说，酒可解愁，而且功效迅速，"十分一盏便天眉"。十分愁事一盏酒便能解去，比看镜子强多了。刘禹锡也十分认同白居易的看法，他在《和乐天以镜换酒》的诗中也说："把取菱花百练镜，换他竹叶十分杯。……妍丑太分迷忌讳，松乔俱傲绝嫌猜。"年纪大了，镜子质量太好，照得太清楚也未必是好事。妍丑太分明心里就会有许多想法，许多压力，不如模糊一点，或者不照镜子的为好。这当然是一种说法，是文人生活理念的一种比喻。刘禹锡还把这种关于铜镜的故事写成一首寓言词，表达了自己对社会与人生的一种看法。这首词的名字叫《昏镜词》，他在这首词的《前引》中这样说道，在长安城集市上见到磨镜工在卖铜镜，铜镜是装在一个大盒子里面的，上下几排共有十面，镜的造型、镜背的图案都十分精美，有圆形凤御花镜、有鹿凤葡萄镜、有瑞图镜、有八弧宝花镜，也有白居易身上带的那种八菱海兽葡萄镜，这些图案都是唐代铜镜的代表之作。可是奇怪的是，铜镜背面的工艺都很精美，但铜镜表面的光洁却不一样，在磨镜工陈列出的这十面镜子之中，只有一面光亮洁净，几乎可以照出人脸上的汗毛。而其他九面铜镜则是雾蒙蒙的，仅能照出人面的大概情况。刘禹锡见此不解地问磨镜工：

"是不是磨镜的工艺复杂磨镜不容易呀，何以有些铜镜光亮，有些铜镜却雾蒙蒙的呢？"磨镜工笑着回答说："要都磨光亮也不是太难的事，只是在这市场上需求的人不同呵，有些人长得俊美，就愿意买照得比较清楚的镜子，一方面可以自我欣赏，一方面也便于化妆呀。而大多数人只是求照个大概形象，也不要求把自己脸上的细部都照出来，所以，我只磨出十分之一精细光亮的镜子就行了。"刘禹锡闻听略有所悟："*瑕疵既不见，妍态随意生*……"（刘禹锡《昏镜词》）大约是没有了心理负担心情就会轻松，表情、举止也就会自然了。所以，人也不能老盯着自己的外在形象，有了修养就有了气质，气质变化了人也就美了。

刘禹锡在长安城里生活的前十二三年里，是他最努力工作的一段时间，加上自己年轻确实也干出了不少事情。比如跟着宰相王叔文一道积极参与政治革新运动，抑制藩镇及宦官的势力、惩治贪官、选用贤能、减免赋税、削减盐价、罢除宫市等等，这些措施极大地推动了社会经济的发展。不久，皇太子李诵继位，当刘禹锡他们正准备大干一场的时候，李诵却被暗中的政治势力逼迫，这位上台不到一年的顺宗皇帝不得不让出了皇位。唐宪宗登基后不久，便于元和初年把刘禹锡贬出京城，放到湖南朗州做了个小司马。这一贬就是十年，到了元和十年（815年）刘禹锡和柳宗元等人才被召回京城长安。

刘禹锡从湖南朗州骑马乘轿走了近一月终于回到了长

唐代诗人在长安

灞桥横卧

安城，因为刘禹锡当年是被贬出长安城的，到了长安城后不能自己随便回到家中就了事，而是必须在城外等着皇帝下旨，晋见听封后才能回家。所以，刘禹锡还必须在长安城春明门外的长乐驿中等待召见。

中国古代很早就有驿站的设立了，开始的时候驿站并没有接待来往官员住宿这项业务。秦汉时期的驿站主要是为政府传递诏书、书信的人员准备换车、换马的地方，汉代的时候每三十里设置一驿站，唐代延用汉制，也是三十里设驿，驿有长，也有吏，从隋唐一直到清代，驿站除了给传递公文、运送公物的人员提供休息、换马的服务以外，还承担了接待出使公差来往路过官员的任务。前文说到元稹在驿站与人争房之事，就是在长安城以东敷水驿里发生的。长乐驿在长安城边，按说这里不应该设驿站，但是唐代京城长安与外界交往比较多，有些东边省份来的人员一时不能进城，所以官方就在灞河与长安城之间设立一驿站，其实这里应该就是政府的一个招待所，住宿、餐饮是其主要业务。

刘禹锡从湖南朗州来到长安城外的长乐驿，长安城里有他不少朋友自然会来长乐驿看望，甚至还有一位杜姓朋友从淮南追到长安，给刘禹锡送上酒食。为此，刘禹锡还写了一份《为杜相公自淮南追入长安至长乐驿谢赐酒食状》呢。当然皇帝为了表示安慰，也赐给刘禹锡一份八珍酒食。

刘禹锡再次回到长安城，再次进入大明宫的集贤院工作，当然，踌躇满志、胸怀报负是少不了的，所以，看着大明宫集贤院旁的景色心里也是十分的畅快："……树含秋露晓，阁倚碧天秋。……蕙草香书殿，槐花点御沟。山明真色见，水静浊烟收。早岁乔华省，再来成白头。幸依群玉府，有路向瀛洲。"（刘禹锡《早秋集贤院即事》）

我们从这首诗里不仅看出了刘禹锡重返长安城的心情，同时看出了一个细节，唐代大明宫内被称之为"御沟"的水渠边栽种了不少槐树。在前面的文字里我多次提到槐树是唐长安城最具代表性的树种，不仅长安城街边种有槐树，就是皇宫内水渠边也种槐树，何以故，因为槐树的生命力强，根又深，还能保护水渠呢。

我们知道，唐代的诗人多和僧人有往来，那是因为许多僧人都有文化，而且是有修养的人。在刘禹锡的《同乐天和微之深春二十首》中，有一首写春日里僧人生活场景的诗："何处深春好，春深兰若家。当香收柏叶，养蜜近梨花。野径宜行药，游人尽驻车。菜园篱落短，遥见桔槔斜。"

读了这首诗，似乎觉得唐代长安周边的僧人才是过着田园生活的，收取春天嫩绿的柏叶，晾干了可当香料用。梨花树下放置了蜂箱用来采蜜，早晨乘着露水踏着山径去寻草药。少有游人来打扰，菜园也无需用高篱，这可真是仙境般的田园生活。反观农人，春天里要修整田地，裁剪果树，汲水浇田，整日忙于生活，岂能有闲情闲空享受田园风光。

刘禹锡今日不当班，有了空闲，又正值春深，遇到这样的时节，诗人总会想着去城外郊游轻松一下。长安城外便是青山，山角下就有寺院，骑上马不到半个时辰即能到达。寺院的名字叫"济中寺"。刘禹锡来到寺院，一进门山僧惠元便迎了上来："梦得先生快请，快请！昨晚频见灯花，就知道今天定有贵客来访。"客气一番后，惠元把刘禹锡让进禅房，先让一个小和尚照应着，口中连说"稍等，稍等。"拿了小箩筐就向寺后跑去。济中寺的后墙边有几株茶树，春深时节茶树正好抽出新芽。僧人惠元专门采摘下一捧形似"鹰嘴"的嫩芽，马上回来就放在禅房内的炭火炉上翻炒。不多时，禅房内就充满了一股自然清香的气味，这种清香就像松柏树的花初开时的味道，厚重而不腻，却能沁人肺腑。惠元让小和尚打来山泉，用陶沙壶煮水泡茶，当新茶汤倾入白瓷碗中，茶汤宛如淡淡的绿云便开始舒卷，一股悠长的香味更是扑鼻而来。呷上一口，什么烦恼俗事便全然忘却。惠元对刘禹锡说："要想体会茶的真味，就只能到茶园来，只能用泉水陶沙壶来煮，等你进了城，砖茶，井水，铜炉，那是会损去茶的许多真味的。"刘禹锡听罢不住地点头。"山僧后檐茶数丛，春来映竹抽新茸。……新芽连拳半未舒，自摘至煎俄顷馀。木兰沾露香微似，瑶草临波色不如。僧言灵味宜幽寂，采采翘英为嘉客……"（刘禹锡《西山兰若试茶歌》）

我一直以为喝茶就是在杯中放茶，然后开水一冲即可饮用，一切茶具、手法、水质都是多余。看到了唐代人的喝茶记录，特别是听了我的好友为我讲品茶时的细微变化，我才觉得品茶是可以有许多细节去体会的，它也几乎可以当成一个修身养性的功课。当然，要想把喝茶提升到品茶，体味茶的境界，那必须要有一定的心境和环境。花前月下不肖说，虚白静室，三两挚友燃香品画佐以清言，那或是最好的品茶氛围，也或是一种修养心灵的过程，没有闲情，没有环境，那我们就暂且喝喝茶解解渴吧。

午后，沐浴着夕阳的余晖，刘禹锡骑着马坦坦然然地走进长安城的明德门，走进光福里的家中。刚进家门，应门的小童就说："今天有一位姓唐的公子来访，因为先生不在，他放下了一方砚台就走了，我把砚台放在先生的书案上了。"刘禹锡闻听"哦"了一声，赶忙走进书房，就见书案上放着一方紫红色的端石砚，色如猪肝，形似古风字。刘禹锡一看就知道这是一方上等的端砚。

中国自发明了用毛笔书写文字，砚台就成了书写中不可缺少的工具之一。有些书中记载，说是轩辕黄帝得了一块玉，然后制成墨海，那就是最早的砚台了，这当然就是一个传说，比较可靠的说法应该是商周时期砚台就产生了。现在出土最多的砚台实物有秦朝的，有汉朝的，也有唐朝的。今日所见唐朝的陶砚、澄泥砚最多，石砚少见，而端石砚更少见。唐代大书法家柳公权在论砚的品质时说："青州石为第一，绛州者为次之。"而没有言及端石，不是端石不贵重，是因为当时所见的端石砚太少了，人们也难以去把它和其他砚石对比评论。但无论如何端砚在所有砚石中是品质最高的一种，它以色泽沉稳，出墨细腻，不枯不燥，温润如玉而著称。刘禹锡见唐秀才送来端砚，知道这在长安城是稀见之物，所以才如此激动呢。"端州石砚人间重，赠我应知正草玄。阙里庙堂空旧物，开方灶下岂天然。……此日佣工记名姓，因君数到墨池前。"（刘禹锡《唐秀才赠端州紫石砚以诗答之》）唐秀才送给刘禹锡的端砚还刻有工匠姓名，这足以补唐砚研究之阙，过去很多人以为在砚台刻写题字唐代时还没出现呢。也不知刘禹锡的这方端砚还存在于人间不，如果在，它可称是长安城中千百年文化的精灵了。

唐代的长安城并不全是一派莺歌燕舞，在盛世背后也涌动着许多暗流。话说唐宪宗元和十一年（816年）六月的一天凌晨，居住在靖安里的宰相武元衡天未亮时就起来了，梳洗完毕即起身赶赴兴庆宫去上早朝。那时，宰相出门除了骑马、乘轿有三五个随从外，一般没有专门的护卫人员。武元衡每日从靖安里东门出来，一直向北，用不了半个时辰，顺皇城南边大道向东转过去就到兴庆宫的通阳门了。今天武元衡刚出靖安里东门就被一伙青纱蒙面、手执钢刀的人拦住了去路，其中一个矮胖的人上前，用手中的钢刀点指马上坐着的武元衡问道："你可是武元衡武宰相？"武元衡刚回答了一声"是"，就被矮胖子从马上拽下来，"噗哧"一声钢刀刺进武元衡的前心。你想，一个上了年纪的文官宰相，哪有反抗能力，栽歪了两下便跌倒毙命。至于那几个随从，看见这伙执刀的强人早就吓得无踪无影了。这伙蒙面人杀了武元衡后立即又奔朱雀门外的通化坊，去截杀另一位宰相裴度。这时裴度已经出了府门，这伙人前几天早就踩好了点，摸清了裴度上朝的时间和线路，所以，当裴度走到皇城南边安上门附近时，就被这伙蒙面人截住了，他们看清是裴度一行后，抽刀上前便是一阵乱砍，谁知裴度手脚还算利落，刀虽砍到了头上，但头上戴的帽子厚些，还是遮拦了一些力道，所以没有立刻致命。裴度被砍倒后，翻滚进皇城边的御沟（就是今天西安城墙外的护城河）。这伙蒙面人见弄出了大动静，赶忙向西逃去，裴度因此也就捡了条性命。此事一出，朝野震惊，唐宪宗马上下令，宰相一早上朝必须要有皇家卫队护送。即便是这样，接下来的半月多时间朝官们都不敢去上朝，皇帝经常在大殿上空等了半天，只得独自退朝。刺杀武、裴二宰相的事引起了大家的纷纷猜想，是谁干的呢？因为武、裴二人是力主改革的，特别是主张削减藩镇的兵权，二人遇刺肯定与藩镇的势力有关了。后来也确实查清楚了幕后人，但这与本文无关，也就不必细说了。

武元衡遇刺身亡的事影响了许多人，比如诗人元稹，因为他官居监察御史，总要上报官员的犯法行为，得罪人是少不了的。所以，有人借此事给元稹安了个"保卫京城完全不力"的罪名将他贬出京城。刘禹锡是王叔文、裴度等主张革新势力的主将之一，皇帝以为京城的不安定都是由他们这些革新派多事造成的，所以，把这些人贬出京城社会也就安定了。刘禹锡更是以说话不当等问题而再度被贬出长安城。当时，刘禹锡有一首诗叙述了武元衡遇刺的经过，不妨录出，也算是对唐代长安城里发生的历史事件的一段真实记录。

代靖安佳人怨二首并引：

靖安，丞相武公居里名也。元和十一年六月，公将朝，夜漏未尽三刻，骑出里门，遇盗，薨于墙下……

宝马鸣珂蹋晓尘，鱼文匕首犯东茵。适来行哭里门外，昨夜华堂歌舞人。

秉烛朝天遂不回，路人弹指望高台。墙东便是伤心地，夜夜流萤飞去来。

刘禹锡在唐宪宗元和年间被贬出长安城，历唐穆宗、敬宗、文宗三朝，经过近十四年时间方被召进长安城，授予主客郎中、礼部郎中，进为集贤殿学士。来年春天，心情稍定，刘禹锡就和朋友来到长安朱雀大街南边崇业坊的玄都观。

唐代的玄都观在今天西安朱雀大街南段与雁塔西路西北角，今省第一医院的位置。玄都观隋开皇二年（582年）建成，这里的桃花非常有名，每年春天都有不少人来此赏花。刘禹锡在长安城的时候数度来此赏花，特别是第二次被召入长安城后，他来到玄都观，写下了"玄都观里桃千树，尽是刘郎去后栽"的有名诗句。据刘禹锡讲，玄都观原来没有桃树，在唐元和年间，玄都观的道士手植桃树千棵，从而形成了后来的景色。所以，等刘禹锡第三次回长安时，仍不忘再去玄都观看看，并且写下了《再游玄都观绝句》的著名诗章："百亩中庭半是苔，桃花净尽菜花开。种桃道士今何处，前度刘郎今又来。"但这时候千树桃花已经不存在了，就像他在《诗引》中所说："重游玄都荡然无复一树，唯兔葵、燕麦动摇于春风耳。"近世有人在解释刘禹锡这首诗时说，刘禹锡是以玄都观内桃花的盛衰暗喻政治人事的变化。谁知道呢。有时候也未必是这样，我们今天能读出刘禹锡的心情，读出世事的变迁就行了。

刘禹锡在礼部郎中、集贤殿学士位上时经常去安上门外务本坊的国子监检查生徒学习。唐代的国子监旧址在今天西安城大南门外东南角一带，最著名的《开成石经》原本就竖立在这里。但是在《开成石经》刻立的七十年之前，即大历初年，由长安名儒、国子监司业张参勘定的儒家经典"五经"，已经被抄写出悬挂于国子监论堂的东西两厢上了。大和初年，刘禹锡到国子监访查，见悬挂在壁上的"五经"污脏不堪，有些地方甚至多有剥落，实在与国子监的名声、地位不相符合。于是，在国子监祭酒和集贤殿众博士的协助下，选取坚硬的木板，请人重书"五经"于其上，又将木板背后装置插销，把数十块木板连接成一体，形成了一个大的木板书籍，这样便于学生们查阅诵读。木板"五经"树立后，国子监的学官和生徒请刘禹锡写了一篇《国学新修五经壁记》，并刻立在国子监木板"五经"之旁，以记此盛事。千百年过去了，这木板"五经"是否还有蛛丝马迹可以寻得呢？如果真有，那将是历代刻书史上最重要的文献资料之一，也是比《开成石经》更早的唐代刻经作品和书法作品了。

中国古代一直都是以农业为立国基础的社会，过去农业社会里生产、种植大多都要靠上天的安排，所以要祈祷风调雨顺才能有所收获。干旱无雨，就要上表祈雨；久雨不停，也要上表祈求天晴。古代的皇帝、官员们每年为这晴天、为这雨天伤透了脑筋。这不，唐文宗大和三年（829年）的中秋节之前，长安城已经阴雨连绵了二十多天，乡间眼看就要收秋了，但阴雨成霖，一年的秋收可就要泡汤了。关中方言把连阴雨下过三天不停称之为"霖"，读为普通话发音的第四声。在古代一但形成了霖雨，官员们就要启奏皇帝，然后皇帝下旨，由官员代为去神庙、去山林读焚《祈晴表》，祈求上天止雨。大和三年中秋节刚过，刘禹锡就和京兆府尹韦贺等人来到皇城东边大宁坊里的兴唐寺焚表，兴唐寺原名叫罔极寺，唐玄宗时改为兴唐寺，后来又恢复原名，现在西安城东关外炮房街路北，当然，现在寺院的规模比唐代要小多了。

刘禹锡等人来到兴唐寺，宣读了一份《祈雨获应表》，表中是这样写的："臣某言，今月十七日中使某奉宣圣旨，以霖雨未晴诸有灵迹，并令祈祷者。……伏以神祇效灵，景物澄霁。兆庶睹动天之德，大田俟多稼之期……"古代文词今人不好懂，反正都是一些祈求上天赶快放晴之类的话。长安城自古以来大多数情况下还算是风调雨顺的，否则，十三朝古都也不会选择在这里建立。当然，干旱、霖雨、灾荒历史上也不是没有，就算我们这些出生在六十年代前后的人，也是经历了几次灾难性气候的呢。

记得那是二十世纪八十年代初吧，也是在中秋节的前后，这时长安城中已经下了三十多天的阴雨了。长安城内外当时还多是砖瓦土房，房上的瓦早就吸饱了雨水，再下雨就会直接往瓦下渗透而滴进房内了，那真是"屋外大雨，屋内小雨，屋外不下，屋内滴答"，那时候，长安地区几乎没有一个街巷里不见倒塌的墙、塌落的瓦。好在那时本人还年轻，还有兴致读书，生活似乎未受太大的影响，每日与邻家大哥在他的书房里对着雨窗谈天论地，甚至还凑上几句诗，解解雨中的烦闷。前几天翻看年轻时的日记，竟然见到当时所写秋雨的几首小诗。当然，这些文字在这里不敢称之为诗，但内容记录了当时的社会状态，人们的心情，也算是一段史料，冒昧地还是想和今天的读者分享一下。

"《秋雨》：秋悲烦思迷不故，绵雨厌味方解术。屋泣壁跪昏悼乐，觉晓之窗流不住。……往日赫显'的确良'，今朝九泉嘶寒处。"这是我写的诗么？三十多年前的事，我已经忘记了，但确实是从我当年的日记中摘出来的，也确实是当年我所经历的状况与情绪。

好了，别提我的所谓"诗"了，还是看看唐代诗人白居易、刘禹锡等人在秋雨中的联句吧，唐代长安城秋雨中的风情由此即可得一二。

"萧索穷秋月，苍茫苦雨天。泄云生栋上，行潦入庭前。苔色侵三径，波声想五弦。井蛙争入户，辙鲋乱归泉……"（刘禹锡《秋霖即事联句三十韵》）雨下得多了，"苔色侵三径"那是必然的事。就连喜欢水的青蛙也有些厌烦了，蹦蹦跳跳来到屋内，干燥一点还是舒服呀。"鹤鸣犹未已，蚁穴亦频迁。……地湿灰蛾来，池添水马连。……桥柱黏黄菌，墙衣点绿钱。……金乌何日见，玉爵几时传……"（刘禹锡《秋霖即事联句三十韵》）

到底是雨下多了不好，下成了霖雨更是不好。情绪受影响，工作肯定也受影响。刘禹锡三度入长安后的第三年，他再次被排挤出了京城，但这次还算不错，给他授了一个苏州刺史的官衔。毕竟那里是富庶之地，生活上总是不会吃什么苦头。后来三倒两倒回到了老家洛阳，封了个太子宾客，所以，后人又称刘禹锡为刘宾客。好在晚年有白居易同在洛阳，二人乐呵呵地唱和诗歌，这也算是晚年安度了。

唐人传奇长安事
妙笔尽在段酉阳

段酉阳即段成式，字柯古，祖籍山东临淄。唐德宗贞元十九年（803年）至唐懿宗咸通四年（863年）间人，因其著有笔记文体小说《酉阳杂俎》，后人亦称段成式为段酉阳。

段成式之父段文昌曾任淮南节度使、剑南西川节度使，后入京为宰相（兵部尚书）。段成式五岁即随父自四川入长安，前后在长安生活了近四十年，晚年去官后曾在襄阳、江州生活了一段时间，唐懿宗咸通四年（863年）返回长安，不久即去世于长安城修行里的老宅之内，享年六十一岁。

段成式所居住的修行里在长安城东部，大约位置在今西影路与北池头村之间的区域。段成式的宅第在当时是很有名的，被称为"山池院"，也就是说在他的宅院中不仅有花有木，而且有山有水，唐代诗人刘得仁有《初夏题段郎中修行里南园》诗云："高人游息处，与此曲池连。密树才春后，深山在目前。""南园"即段成式府第的别称，以其花园靠坊里南侧而得名，据说"南园"有数亩之大呢。段成式的宅院位于曲江池水的最北头，所以，刘得仁的诗中称"与此曲池连"，今日地名有北池头，即言此处是曲江池水的最北头。

前面提到段成式之父段文昌曾为宰相，这里并不是想说段成式的家世显赫，而是说段成式作为唐代著名的文学家、诗人，是有很深家学传承和积淀的，这在中国传统文化里是很重要的一点。在《全唐文》里收录有段文昌的文章，其中最有名的是他重写韩愈所立《平淮西碑》的碑文。《全唐诗》中亦收录有段文昌的数首诗。而段成式传世至今的诗歌则有四十九首之多，其他文章《全唐文》上也收录了不少，当然最有名的就是《酉阳杂俎》了。下面我们就根据段成式的诗歌与《酉阳杂俎》中的内容，来展现一下段成式所描绘的唐代长安风貌与趣事。

不论什么时候，春天都是最让人心情舒畅的季节。关于长安城春天的故事前文已经写了不少，但段成式告诉大家的一件关于长安节令风俗的事，很是有趣，值得说给大家听听。

说是每年春天的三月三日，皇帝要带领宫娥才女、内臣官宦到曲江池水边游春，这时皇帝会赐给侍臣们每人一个细柳圈。皇帝说，戴着这个细柳圈就可以免除虿毒。"虿"今作"虿"，读 chài，《说文·虫部》："虿，毒虫也。"作为动词，"虿"也有被毒虫蜇的意思。春天的新柳枝被剥了皮，把白净如骨的细软柳枝做成圆圈，然后套在指上，声称这样可以避免被毒虫蜇咬。不知是因为嫩柳枝能散发出某种气味让毒虫回避呢，还是如道家作法时用柳木剑、柳木橛驱邪一样，给柳木有某种特殊的效应。柳木难道真的具有如此双重功能不成？十几年前本人编注《陕西近代歌谣辑注》时，就对一首流传于长安地区的歌谣中有关柳枝环的记录颇感兴趣。这首歌谣的题目叫《月月故事》，其中一节这样说："四月里，桃花正清明，河岸攀来杨柳青。剥皮挤做双球结，指尖上顶得骨铃铃。"由此可见，至少自唐朝以来，长安地区风俗，每到春季人们就会攀折来一段杨柳嫩枝，剥皮后将细软的枝条拧成"8"字型，这样就形成了两个上下折叠在一起的圆圈，就是歌谣中所说的"双结球"。把这双层柳枝环套在手指上如戒指状，就可以避免毒虫蜇咬与邪气了，这种风俗延续了一千多年。二十世纪六十年代末、七十年代初时，长安城在春季时还曾见到过如此的游戏。当然，那时候社会经济不发达，儿童们可用来娱乐的东西也不多，旧时的游戏还曾有过一阵子流行。进入二十一世纪后，社会生活变化太大，旧时的许多风俗与文化现象已不适合今人的口味了。我们当然不能说一定要恢复这些旧风俗，但记录了解这些旧日的风俗，可以让后人由此而了解中华文化的发展与流传的轨迹，也不能说不是一件好事。

中国人对香的使用时间已是很久了，香有种品味风格，也有各种使用方法，焚香、熏香、沐浴香各有各的使用对象与场合。唐代人特别喜欢香料，当时与国外交往，香料就是一种重要的贸易商品。唐代长安城所售的国外香料大多来自西域与东南亚一带。唐天宝末年时，交趾国送来一种形如蝉状的香料，称为龙脑香。据说是在龙脑树上的疤节内方能生长出此香来，当时宫内称之为"瑞龙脑"。这种香味道悠长浓烈，如果在你身上涂抹一下，十步以外即可闻到。玄宗时，皇帝只赐给了杨贵妃十枚而已。

夏日的一天，在兴庆宫花萼相辉楼上，玄宗皇帝与薛亲王对弈以消长夏。旁边宫中乐师贺怀智轻轻地弹着琵琶，给紧张的对弈增添了一点轻松的气氛，杨贵妃则立于棋局前懒懒地观看着。不久这盘棋将分出胜负，玄宗以三子落于下风，贵妃见状就将怀中抱着的小狗放下，小狗高兴地一撒欢，一下跳到棋盘上把棋局给搅乱了。玄宗见此情景大笑道："天意，天意，这盘棋算是和了，午后再重新来吧。"这时，窗外吹来一阵轻风，把贵妃身上的纱巾吹起，飘落到乐师贺怀智的肩头上，贺怀智肩头也搭有一条纱头巾，他当然不敢动了。许久，贵妃离开时纱巾方才脱落。贺怀智回到家后觉得身上香气异常，细细一闻，知道是自己的纱头巾沾上了贵妃的香气，贺怀智赶忙把这纱头巾取下放进一锦囊中收藏了起来。"安史之乱"后玄宗返回长安，常常想念贵妃而哀叹不已，贺怀智便取出沾有贵妃香气的纱头巾送给玄宗，玄宗一打开锦囊就闻到一种特殊的香气，他激动地说道："这是贵妃身上的瑞龙脑香啊。"

　　说到兴庆宫，我们总是想到唐玄宗与杨贵妃初夏时常在沉香亭前观赏牡丹的故事。实际上长安城中许多大臣名人府中的牡丹一点也不比兴庆宫的差，比如前面所说韩愈家牡丹的事。每到春夏之交，段成式是会去新昌里吏部尚书牛增孺府上观看牡丹的。"洞里仙春日更长，翠丛风翦紫霞芳。若为萧史通家客，情愿扛壶入醉乡。"（段成式《牛尊师宅看牡丹》）唐开元年以前长安城的牡丹并不多见，开元末有郎官裴士淹从汾州众香寺移回一株白牡丹到长安城，种到长兴里他的宅第，这下成了长安城中的一大景色。当时长安城中的名家诗人多有"裴宅看牡丹"的诗作，后来马仆射镇守太原，又携回红紫二色牡丹到长安，渐渐长安城中的牡丹才多了起来，甚至宪部侍郎房琯还在其府中开了一场牡丹会呢。当时长安城中不少寺院里也种植了牡丹，花色各有特点，开花时节，赏花人流如织。比如兴唐寺里的多色牡丹、重台牡丹，兴善寺里的黄白牡丹，慈恩寺里的紫牡丹等等。

　　近代长安城中能种牡丹的家庭不多，因人口多了，庭院中的空地必定少了。我小时候曾在青年路上的止园里见到过牡丹花，也在兴庆公园里见到过牡丹花。兴庆公园的花工说他们的牡丹是从唐代延续下来的呢。正好我有个同学在兴庆公园管理绿化，初冬的时候，挖了几株小苗送给我，先是种在花盆里，十来年里来回搬家均未见开花。数年前搬到曲江，移栽在楼下小院，结果近年来，年年开花，而且生出许多分枝来。经过分株栽剪，小院里竟形成了一个小小的牡丹园。曲江是唐代长安城中最美的景区之一，也是文人兴会之地，岂是这里的地气影响了牡丹，才能使它年年开花不成？

段成式诗中、文中说了许多唐代人展现绝艺的事，其中一个画"水画"的人，很有特色。说是当时长安城中有一位叫李叔詹的，认识一人号为范阳山人，此人能推吉凶，能念咒语，在李宅中住了半年多无甚事事，一日忽要告辞离去。山人对李叔詹说："这半年的管待也没给你干点啥事，临行给你画一幅水画留个纪念吧。"李叔詹一听能画"水画"，觉得新鲜，心想"那就画吧"，按山人的要求在后院先挖了一水池，放满了水。这天，山人来到水池边调好了颜色，手执毛笔在水面上奋笔纵横，不一会儿池水浑乱不堪，而山人却无事一般欣然离去。隔了两天山人再次来到水池边上，把几张绢幅放在水中，摇动了几下后取出来，绢上所沾的颜色竟形成了浑浑沌沌的各种树木、山石、人物的形象。李叔詹感到很奇怪，就问山人其中的原因，山人说："我给水里发了咒语，让各种颜色汇合而不散，形成了山水、人物，然后再过渡到绢上便成了画。"李叔詹摇着头听着，好像并不是太理解的样子。

真是无巧不成书，二十世纪八十年代的时候长安城中也有一位能画"水画"的人，当时称为"油漆画"，这种"油漆画"也是在水面上画成的。先是找一水缸注入水，然后在水面上用各色油漆撒成图案，油漆轻于水，所以不会下沉，画面也能保持住，下来再用纸敷在水面上，水面上的油漆画图案就粘到纸上了，提出纸来晾干就是一幅"油漆画"。这位画"油漆画"的人起初也是一位专业画家，对绘画有一定的基础，所画"油漆画"图案还能看出些形状，所以，就引来不少好奇的人为之赞赏。后来这位画家写了上报材料，附上了多幅"油漆画"作品，说是要申请专利。因为我是单位里资料室的工作人员，这资料都要由我们单位审查，所以，我倒是有幸浏览了他的全部绘画程序，只是这都是三十年前的事，如何画的，细节早已忘却，只是记得"油漆画"上的山水流动飘逸，很有些仙气，但没有一幅作品是一样的，知道他并不能如古人一般让颜色完全听他的话。大约在二十世纪九十年代初吧，一天在电视上看到了这位画家，只见他身着唐装手拿折扇正在台上表演画"油漆画"呢。据介绍知，画家会用"气功意念"将水面上的油漆形成各种图案，然后再用纸粘出。但自从他在电视上露面之后，就很少再听到这位画家的消息了，更听不到有人再去画"油漆画"了，大概这门绝艺从此就遗失到历史的长河中去，没人再去理会它。

段成式在修行里的宅院靠东边是他的书斋，高大敞亮。夏秋之际，每每雨后都会在阶下、墙根出现许多小洞，这种小洞如蚯蚓的巢不甚大，但洞口被一种丝织物盖住，而且可以随时翻开。在这种洞里藏着一种很像蜘蛛的虫子，但前后腿比蜘蛛粗得多，而且腿上也长满了长毛。唐代人称这种虫子为"颠当"。因为这种虫子埋伏在洞口里，以丝织盖作为掩护，有小虫从洞口经过时它就会顶翻盖子，迅速出击将小虫捕获，洞盖翻开，大约就是"颠"的意思吧。唐代时，长安城中的小孩儿们都喜欢捉这种虫子玩，这种虫子生性好斗，就像蟋蟀一样，两只"颠当"一旦见面，必定会缠咬个你死我活。唐代长安城的儿童捉这种虫子时，总是会对着洞口念两句近似儿歌的词："颠当颠当老守门，寇汝无处奔。"然后"颠当"就会自己跑出来被小孩子捉住。

其实，一千多年后的现代，我们这一代人小时候也曾捉过这种虫子，但现代的长安人把它叫作"伯儿"。那时候，长安城中的土墙多，在土墙根儿下，常能见到这种"伯儿"的洞口。因为"伯儿"的洞穴很深，小孩儿没有工具，一般是挖不出来虫子的，所以也要唱一段近似咒语的词儿："伯儿呦呕，快拿棒槌打狼来呦，打得狼儿四条腿，还剩一条腿，抡棒槌。"果然现代儿童的咒语魔力要大些，经常是对洞口喊上几遍，"伯儿"肯定就会自动地爬出来。我一直在想，这词儿中的内容到底是什么意思呢，它和"伯儿"又有什么关系？也许这里的"棒槌"就是形容"伯儿"粗壮的腿吧。当然，你要问我为什么"伯儿"听了儿歌就会那么顺从地从洞里爬出来，这其中的原因我可真不知道。

大凡在京城里，因为人口众多，经济发达，官宦富商云集，难免就会有一些强人恶少之类夹杂其中欺扰邻里。在唐代的长安城里，特别是靠近东市、西市与皇城边的几个大里坊中，经常会有一些装束怪异的恶少出现。他们都是剃着光头，身上刺着各种动物、山石的图案，唐朝时称之为"黥"。"黥"本来是古代给罪犯所刺的记号，但后来一些人把"黥"艺术化了，刺刻成动物、人物、山石，以此来展示自己的强悍与个性。

在长安城游荡的这些刺着图案的年青人，经常在大街上闹事，在酒家喝酒不给钱，在集市上抢羊捉鸡，不服者就拳打脚踢。管理长安城的京兆尹薛元赏坐不住了，命令属下，限三日抓捕这些刺着青的恶少。结果下面的里长一天就抓了三十多人，一顿棍棒全都给打死在大街上了。长安城中那些刺青爱好者也不全是坏人呀，但他们害怕官府惩罚，有些人就赶快用艾灸把刺青给烧掉。

在长安城东北部皇城边上的大宁坊里住着一位强人，名叫张干。他就是不服京兆尹的命令，而且专门在左胳膊刻上"生不怕京兆尹"，右胳膊刻上"死不畏阎罗王"十个字，来了个玩个性，跟官府对着干。还有个叫王力奴的，花了五千大钱，专门招来刺青师，在他的胸前刺上山水亭院、花木走兽等，而且还细细地涂抹上了各种颜色。在那个年代，你要挑战官府的威权哪还有个好，很快，京兆尹薛元赏就派人把张干、王力奴二人给抓到府衙内,一顿乱棍也就毙命了。

　　有些人在身上刺青并不是为了展示强悍或吓唬人,而是差不多跟记事本一样在身上刺满图案、语录,甚至还作有诗歌。当时在长安城北边抓住了一个叫宋元素的人,身上有七十一处刺青,就是说身上有皮的地方几乎都给刺上字了。在他的左臂上刺有一首诗,诗曰:"昔日以前家未贫,苦将钱物结交亲。如今失路寻知己,行尽关山无一人。"唐代是诗歌盛世,诗人到处都有,就连这背街小巷子里的糙人,作上一首歪诗也都在道上呢,至少是合撤押韵的。有人说这是段成式给你讲故事时把诗改了一下,我看不会,段成式《酉阳杂俎》中所记录的这种诗,基本上都是民间俚句俗语,段成式是在说事儿,不是在讲"长安诗话",他应该不会太在意这些诗的好坏,只是如实记录下来就行了。

　　说到长安城的恶少,段成式在《酉阳杂俎》里以传奇的手法专门写了几篇,其中一篇是这样写的:在唐宪宗元和初年,长安城东市里住着一个恶少年叫李和子,他的父亲因为习惯性的老是挤眼睛,人送外号李努眼儿。这个李和子生性残忍,常常把别人家的狗、猫抓来吃掉,成了东市这一带居民的祸害。有一天,李和子正在东市的十字街头扎着臂膀四下观望,看有没有可以抢的东西和可以抓的狗猫。这时,有两位穿着紫衣的人走了过来问道:"你可是李努眼儿的儿子李和子吗?"李和子见来人气度不凡，穿着打扮也不同一般人，想着这一定是哪个衙门里的官人，所以不敢怠慢，急忙答道："正是，正是，二位官人有何吩咐？"这两位紫衣人说道："这里讲话不方便，我们到旁边安静的地方说吧。"于是，他们一行就来到旁边的小巷内，二位紫衣人见附近无人就对李和子说："阴间有司发了公文，要我们俩带你去受审，赶快走吧。"李和子一听可不愿意了，说："你们二位到底是人是鬼？这阴间的事与你们何干，让你们来抓我？"紫衣人闻听就对李和子说："我们就是鬼。"然后说着从怀里取出一卷纸，像是法牒文件之类，上面盖的蓝色印泥还没干呢。纸卷上明确写着李和子的名字，原因是他被四百六十只狗猫所投诉，阎王爷让小鬼来捉他去受审。李和子见状大惊失色，赶忙跪倒下拜，说道："二位，二位，我是死定了，但求二位暂时留上一会儿，我们三人喝上一场酒，算是给我送行也不为迟晚，二位，求你们了。"二位紫衣人虽是阴间来的鬼，但他们还是知道一些人情世故的。二位点头答应，李和子就把二位紫衣人领到东市北口一家馎饦店内。馎饦是唐代时对夹馅面食的一种泛称，或着说就是一种带馅的点心。比如在唐代长安城流行的樱桃馎饦、天花馎饦等。馎饦可以佐茶下酒但不是正餐。唐代时，每次发榜之日，新中进士祝贺，就会在东市内搭有东、西二棚以为祝贺，声势各不相同，也有一些经济条件不好的进士，就只有去酒肆了，用些馎饦也就应应祝贺的名分。

李和子只是街头混混，也没什么钱财，想在馎饦店弄两盘点心，两壶酒，想着把二位紫衣人先稳住再说。但刚进东市口的馎饦店，紫衣人就用袖口把鼻子掩住不肯进去，大约是闻不惯那里的味道，李和子没办法只得把他们二位领到旁边一家杜姓开的小酒馆。进了小酒馆选了一张靠墙边的桌子，李和子让伙计准备了三副碗筷吃碟，又要了九大碗酒，自己三碗，给紫衣人各三碗。然后对着紫衣人躬身施礼道："二位请用薄酒，然后我就随你们去。"二位紫衣人"咕咚，咕咚"就把三碗酒喝干了，稍待一会儿似乎有些上头，二位紫衣人互相看看说："我们喝了人家的酒，只好给他帮忙了。"然后站起身对李和子说："你稍等，我们去去就来。"李和子对着二位又是鞠躬又是作揖的，连声称谢，旁边人见这小伙子对着空桌子不停说话、施礼，也不知此人有什么毛病。

不多时，二位紫衣人回来了，对李和子说："你筹备四十万大钱给我们，我们给你设法打点，可以给你再延长三年阳寿。"李和子闻听当然高兴，连忙答应"好，好，好！明天中午在这里给钱。"到了第二天，三个人会合，李和子交了钱，二位紫衣人便扬长而去，过了三天，李和子就死了。那位说，不是答应给他延长了三年的寿命么，怎么才过三天就死了。按着中国传统的习俗与时间计算方法，天上三日，便是地上三年，地上三日，便是阴间三年。紫衣人小鬼答应延长三年肯定是从阎王爷那儿讨来的，地下三年也就是阳间三日了。

段成式的传奇故事写得很是生动，我们不能说所有的古代神话、传奇都是迷信，都是编造。按照近代民俗学的理论，神话传说是古代人对大自然、对社会生活认识的一种幻想与信仰，也是人们对社会生活的一种反映。如果我们剥去古代传奇故事的神话部分，一样能由此领略、了解古人的生活与民俗。所以，在这里我还想再讲一段传奇故事，让我们在轻松愉快中领略唐代长安的风土人情与生活状态。

话说唐宪宗元和初的某一年，药王孙思邈隐居在长安城南的终南山里。当然，有时候也出门与少陵原上华严寺的宣律大和尚会面闲谈，二人各自各自的知识参证佛法。这一年天气大旱，自开春至夏中，好几个月都不下雨了。皇上着急，下面的官员着急，老百姓们更着急。再不下雨今年就要绝收了，拿什么粮食度饥荒。这时，有一位从西域来的僧人请皇上恩准，说是可以在长安西郊的昆明池边设坛求雨，并说保证灵验。宪宗皇帝也是有病乱投医，听说这西域僧人能求雨，就让有司衙门给他准备好香灯蜡烛之类。西域僧人在昆明池边连做了七天法事，雨是没下来，昆明池里的水倒下去了七尺有余，再过几天恐怕就要见底了。一天晚上，忽然有一位白发苍苍的老人来华严寺求见宣律和尚，见面后即口称："大和尚救命，大和尚救命！"宣律不知所措，就问："这位老人是哪里人啊，为何口称救命二字？"那位老人说："我是昆明池的龙呵，近来长安无雨，非是由我造成的。那个在昆明池边做法事的西域僧人移去池水并不是为了下雨，而是想要我的龙脑配药。他欺骗天子，我又命在旦夕，所以求大和尚保护才行。"宣律和尚闻听此言便说道："我仅仅是持律修身而已，没有什么法力，你可以去求孙思邈先生，他或能救你的命。"昆明池的老龙听了宣律和尚的话，就到终南山沣峪口内一石室去求孙思邈了。孙思邈倒是很好说话，听他说话的口气救老龙也不难，但孙思邈有个条件，他言道："我听说昆明池龙宫里藏有仙方三十种，你要能把这仙方给我，让我抄一遍，我就考虑救你。"昆明池老龙说："这三十种仙方上帝有旨不能妄传民间，但今日我命在旦夕，也顾不了那么多了，给你就给你吧。"老龙转身离去，不一会儿就见老龙手捧一玉函回来，玉函内藏有仙方三十种。老龙递上仙方，孙思邈草草翻了一遍就对昆明池老龙说："你先回去吧，不用怕那个西域僧人，我会对付他的。"老龙回去的第二天，昆明池的水就大涨了起来，又过了两天，池水几乎要溢上岸边了。那个西域僧人见法力失效，又怕皇帝怪罪，只好趁着夜色偷偷溜走了。孙思邈后来写出《千金方》三十卷，每卷里面都加进一种仙方，只是后人无法分辨出来而已。

唐代长安城的诗人们大多都和寺院里的僧人关系密

切，在段成式传世的四十九首诗作里，有不少都记录、描写了与僧人的交往，以及寺院的历史、规模等等。如《题谷隐兰若三首》《送僧二首》，其中一首："形神不灭论初成，爱马乘闲入帝京。四十三年虚过了，方知僧里有唐生。"与僧人交往多了，似乎感觉到自己也是僧人中的一员了。"唐生"就是段成式的自谓。其他与僧人有关的诗还有：《桃源僧舍看花》《和张希复咏宣律和尚袈裟》《呈轮上人》《题石泉兰若》《题僧壁》等。除过这几首与僧人、寺院有关系的诗，另有十七首《长安诸寺联句》，把唐代长安城中主要寺院里的历史沿革、建筑特点、高僧事迹记录得颇为详尽。不仅为今人了解唐长安的建筑、民俗、掌故提供了形象生动的文字叙述，也为唐代佛教史研究提供了十分珍贵的文献资料。下面我们就选择几座寺院来看看，看一下唐代长安寺院的景色，说一下长安寺院的故事。

唐武宗李炎会昌三年（843年），段成式与他的好友张希复同在秘书省任职，一有空闲二人便同去寺院游历。这时候正是武宗马上就要禁佛、合并佛寺的前夜，长安城里已经是人心惶惶了。起初，段成式与他的朋友约定每十天访两个里坊的寺院，但由于后来情况紧急，他们抓紧时间，用了数月的工夫，记录下了长安城中十七座寺院的大概情况，其中一些寺院一年后即被毁去。所以说段成式的这些记录是很有些历史价值的。

　　先看靖善坊的大兴善寺吧，这里距段成式居住的修行坊只有两条街，距离比较近，也是当时长安城中较大的寺院之一，所以段成式与朋友相约就先到这里来访问。大兴善寺在今天小寨十字西北部，唐代的靖善坊内，千百年来没有改变过地址。唐代长安城中的建筑遗址存留至今者，以寺院为最多，比如慈恩寺、大兴善寺、青龙寺、荐福寺、西五台（云居寺）等等，这些寺院的旧址为研究唐代长安城的规模，为定位唐代长安城的里坊街巷，起到了至关重要的作用。

　　段成式说，大兴善寺的名字是取隋朝时都城"大兴"二字，又取寺院所在坊里之名靖善坊中一"善"字，而成"大兴善寺"的。这种说法现代所出有关唐代长安城历史的词典中少有提及，也算是一家之言吧，至少是唐代当时人的一种说法。在大兴善寺院内有不空和尚塔，塔前有许多古松，虬枝盘绕如龙，遇上大旱之年，官员们总会伐几枝松枝当成龙骨去祈雨，据说还是挺灵验的呢。按理说，在大兴善寺不空和尚塔前应该还有《不空和尚碑》树立在那里，碑文是严郢所撰，书碑人是唐代著名的书法家徐浩。《不空和尚碑》向被历代金石家所重视，但从段成式的文字里未能了解此碑当时的情况，这真是一件遗憾的事。

　　段成式说在大兴善寺行香院堂后的墙壁上有当时人梁洽画的《双松图》，笔法脱俗，值得观赏。在曼殊堂

内有不少精美的塑像，说是不空和尚当年从西域带回来
的。我好久没去过大兴善寺了，也不知那传说中的塑像
还在否。

在长安城东南边的安邑坊，也就是白居易原来住的
那个地方，坊内十字街口北边有一寺院，名为元法寺。
寺院原为一个叫张颖的家宅。他在家里供养了一位僧
人，这位僧人专念《法华经》。后因受人诬陷张颖误杀

长安南郊旧时的村落

了这位僧人，以后多年，夜晚常能听见僧人念《法华经》的声音，张颖知道僧人被冤后追悔不已，遂舍宅为寺，铸凿金石佛像数万躯，取名元法寺。在寺院东廊有南观音院，院内有卢舍那堂，堂内榻上有屏风，相传屏风上有唐代大书法家虞世南的书法，与段成式同去寺院寻访的张希复曾登榻上看过，说屏风上写有"世南白""献之白"等字样，像是诗札之类，这可是珍贵的书法作品呀，可惜今人无此福气。虞世南是初唐人，书法风格影响了当时的不少人。当年唐太宗李世民称赞虞世南有五绝，即一博闻，二德行，三书翰，四词藻，五忠直。虞世南活了八十一岁，在那时可谓高寿了。

在元法寺的西北角院内还有怀素的书法，颜鲁公的序言，侍郎张渭、郎中钱起的赞。这里简直就像是一个小型的书法博物馆。由此可见唐代长安人是如何喜欢和重视书法的，也由此可知，唐代长安城中许多名家的书法作品都是保存在寺院之中的。

中国民间有这样一个习惯，唐代遗留下来的石刻，上面只要有人物画形象的就说是唐代吴道子的手迹。当然，吴道子确实给长安城寺院画了不少画，但也有不少是他弟子代笔的。中国的大书画家们自古以来就有弟子替师代书代画的习惯。你想，成了名的大书画家他们有多忙啊，各种人物索要字画不说，各种社会活动先得参加个没完没了，特别是近代的书画家，不论什么人，人家出钱你就得写、得画，一个人的时间和精力是有限的，为了钱或不驳人面子，就只能让弟子代劳了。好一点的，末了自己再收拾上两笔，签上字，算是自己的作品；不想操心的，签字盖章都由学生代替。元法寺的东跨院起先并没有多少房屋建筑，会觉上人主持寺院的时候把东院扩大了十几亩，修盖了大堂和廊房。完工后他先酿了一百多缸酒排列在两廊之下，上面贴上红纸，写着"柳林春原浆酒"几个大字，然后请吴道子来寺院观看新房。吴道子爱喝酒，闻到酒香就走不动了，他不停地往酒缸上看。会觉上人见此情景便说道："檀越如果喜欢这酒，那就请您给我后面的大堂壁上画两幅画吧，这些酒就全送给檀越了。"吴道子看着这一百多缸酒眼睛都亮了，连忙说："可以，可以。"于是，吴道子便带领着弟子住进寺院，过了十几天时间，元法寺东院大堂两侧墙上的壁画就完成了。画工当然没什么说的，内容是佛经《智度论》偈句变文。吴道子题写的偈文，笔力遒劲，就像他画人物衣服的纹路一样干净利落。而壁画上的人物，仙人天衣飞扬、满壁风动；小鬼则青面獠牙、毛发四张。段成式进去看后却说："这画，不如吴道子给景公寺画的那幅生动。"跟段成式一起来的张希复更是说："这是吴道子弟子王耐儿的手笔。"哎呀，

唐代寺院内的石刻佛塔

真是扫兴。

在唐长安城的北边、大明宫丹凤门的正对面是翊善坊，唐贞观年以前这里是一个大坊，到了唐高宗龙朔年间，为了方便皇帝自大明宫丹凤门直接出入皇宫，就把翊善坊中间辟了一条大道，翊善坊西边分出一个光宅坊来。翊善坊就在现在西安火车站北面自强东路中段。现在因为有铁路和民居，唐代修的大明宫与皇宫内的通道早就不存在了。

唐代最著名的人物之一高力士就住在翊善坊。高力士要比段成式早五六十年时间，所以，在段成式生活的时代他还写了几首戏谑高力士的诗呢："百媚城中一个人，紫罗垂手见精神。青琴仙子长教示，自小来来号阿真。"（段成式《戏高侍御七首》）开玩笑归开玩笑，高力士确实也是武周与唐玄宗时期了不起的人物。高力士在唐玄宗天宝九载（750年）将翊善坊的宅第舍出，建成保寿寺。保寿寺里除了后来新置办的佛教用具，比如大钟、佛塔、佛像之类，也有不少高力士家里原来的东西。

开成末年河阳从事李涿与保寿寺的和尚智增交往甚多，李涿又喜欢观赏、收藏古物。一天，智增和尚打开保寿寺的库房让李涿观看，李涿无意间在一破瓮中发现了一堆丝织物，卷在一起就像破被褥。这卷"被褥"上落满了灰尘，一触碰就会尘土飞扬，呛得人都喘不过气来，但李涿对这类东西感兴趣，也顾不得脏了，拉出来一看，丝织物面上已经有不少裂痕和污秽了。李涿把这卷丝织物轻轻地铺到地面上仔细端详了一阵，然后高兴地说："这是一幅古画！"他和智增和尚关系好呀，再加上这么破烂污脏的东西和尚也不喜欢，所以，李涿就以三卷手绘的长安县地图以及三十匹丝绢把这幅古画给换到手了。回家后让人重新清洗揭裱，洗净之后，才知这是一幅巨大的山水画。李涿与大书法家柳公权关系也好，这天，他拿着古画就去升平坊找柳公权给鉴定一下。柳公权官至工部尚书，以前长期在翰林院任职，见识多又有眼力。柳公权一见这古画就激动地说道："这是宫廷画家张萱的作品，名为《石桥图》，这幅画是当年玄宗皇帝赐给高将军的，一直存于高府。高府舍为寺院后就同时留下来了。"李涿闻听大喜，敢忙回家把这幅画认真地收藏了起来。谁知，此事被人当作趣闻传说了开来，最后传到了文宗皇帝的耳朵里，一天，有十几个羽林军来到李涿的家中，为首的一名小校对李涿说道："听旨，皇帝要征你收藏的古画《石桥图》进宫观看。"李涿听了此话当然不敢说什么，只得捧出张萱的《石桥图》献上。小校把古画拿进宫里，文宗皇帝看了龙颜大悦，说道："快把这画悬挂在内宫里的庐韶院吧，让我经常能看到这先王曾经赏过的古画。"这事弄得李涿白忙活了一阵，什么也没有捞着。

唐长安城东市的西侧是宣阳里，大约在今西安城和平门外向南李家村一带。宣阳里中有一寺院名为奉慈寺，是唐开元年间杨贵妃的三姐虢国夫人旧宅。在"安史之乱"时，安禄山一度占领了京城长安，他曾把奉慈寺改为京兆府衙门。唐武宗会昌初年时，为给太皇太后升平公主追福，又把这里改为奉慈寺。虢国夫人的事迹今人知道的不多，但稍稍了解一点中国美术史，或听说过唐代绘画的人，一定听说过张萱所绘的《虢国夫人游春图》了，由画中的人物形象、服饰、出行阵式就可见这位皇亲贵族的奢华生活，也由此可以想见她的宅第之宏大。段成式说，会昌年间的司农少卿杨敬的女儿曾以六韵诗题过此寺。由诗中亦略略可见奉慈寺的一些景象。诗云："日月金轮动，旃檀碧树秋。塔分鸿雁翅，钟挂凤凰楼。"这位杨敬的女儿自称是关西孔子第二十七代孙，字德邻。难道孔子后裔有一支入长安后改姓杨氏？这个我没有考证过，不能多说什么，读者如感兴趣自己去找资料查查吧。

故国风物城南事
旧京滋味杜樊川

　　杜樊川即杜牧，字牧之，唐京兆府万年县（今西安市）人，其去世后诗文汇成《樊川文集》。杜牧的祖父杜佑为唐德宗贞元年间宰相，杜牧的父亲以祖荫而得官。杜牧自出生就在长安城安仁里的杜宅生活，少年有文才，直到了二十六岁才进士及第，被封了一个弘文馆校书郎的小官。不久即随江西观察使沈传师去江西当了幕府，这一去就是七八年时间。后回京城为监察御史，满打满算也就是三年时间吧，杜牧又被调离京城长安，去洛阳、宣州、江州等地做了几年刺史，十几年后再回长安已经是四十九岁的人了。过了一年，才五十岁，竟在中书舍人职上因病去世于长安安仁里老宅之中。

　　杜牧是中晚唐最重要的诗人之一，他的诗极具感情色彩，与元稹、白乐天的"元和体"又另是一种风格。但任何感情都是要依托在人、依托在事物之上的，我们透过这些感情丰富的词藻，便能看到唐代长安城的风土人情和旧时故事。

　　杜牧所在长安城安仁里的老宅位于朱雀大街边，距皇城朱雀门只隔了两个街坊，就在今天小雁塔的北边、西后地南边一带。安仁里因为离皇城近，环境好，这里住了不少皇亲国戚与大臣，如万春公主、薛王舅父、宰相元载、节度使元稹以及岐国公杜佑等。宋《长安志》上说，此处"皆是亲王外家，甲第并列，京城美之"。杜牧的青年时代基本上都是在长安度过的，都是在安仁里的老宅中度过的。所以，他对安仁里的老宅有着深刻的记忆和感情，他在给侄子的《冬至日寄小侄阿宜诗》中，描绘了小侄在安仁里老宅中的快乐童年生活，以及杜府老宅的风貌，由此也映出杜牧自己的童年生活。

"去年学官人，竹马绕四廊。指挥群儿辈，意气何坚刚。"儿童到了六七岁，就有了模仿大人的行为，就有了前途志向的设定。杜牧他们因为是官宦子弟，见的、听的都是官人的模样，虽然那个岁数的儿童们都会拉着一根竹竿当马骑，不停地在院中奔跑嬉戏，但杜牧他们则是"颐指气使"，学着做"官人"的态度了。平民家的儿童可能则是"竹马踏踏"，但口中喊的也许就是"走，走，走！跟着我去打仗去，给你们买好吃的！"之类。写到这儿，我自己都笑了。因为想起我五六岁的时候父母问我："长大想干什么工作？"我说："开电车！"

二十世纪六七十年代，长安城中的汽车不是太多，城中的公共交通主要是靠那种拖着"大辫子"的无轨电车。我家老宅在莲湖路南边的莲寿坊内，每天早上天刚亮就能听到长安城中最宽道路上电车驰过的"呜呜"响声。过去没有电视，没有音响，也没有早教的音乐。早上除了窗外稀稀落落的麻雀喳喳几声，余下的就只有电车驰过时的"呜呜"声了。儿时，看着大路上奔跑的电车，感到那何以如此神奇，对开电车的司机也感到是那样的神秘，"长大开电车！"也就成了我的儿时志向。

哈哈，还是说杜牧吧。

"我家公相家，剑佩尝丁当。旧第开朱门，长安城中央。"杜牧祖上数人为相，他的祖父还被封为岐国公，当然可以称为"公相家"了。公相家来往的人自然不同凡响，不是跨刀，就是佩剑，走起路来丁丁当当地作响，还真有股威风劲儿。古时，对于居家建筑的规模、建筑的色彩装饰都是有一定规定的，都是要按官品分为等级的，平民或一般小官的大门绝不能涂成红色。汉制：诸侯在京师所立官舍的大门才能用朱红漆。到了唐代，亲王、侯王级别的大官才能用"朱门"。唐代时整个长安城分为两个县来管理，以南北方向的朱雀大街为界，万年县管理朱雀大街以东五十四坊及东市，长安县管理朱雀大街以西五十四坊及西市。安仁里在朱雀大街东侧，这里既是长安城两县的分割中心线，也是朱雀大街南北线上的中心地带，所以，杜牧诗中称杜宅在"长安城中央"，是十分准确的。杜牧家的老宅很大，据他自己说，他居住的老宅偏院中就有三十间房子。"第中无一物，万卷书满堂。家集二百编，上下驰皇王。"谦虚，谦虚，都满堂万卷书了，还说"第中无一物"呢。"家集二百编"是说杜府把历代杜氏本家的著作、诗文都集中在一起抄录成编。唐代时，刻板印书还没有充分发展和兴盛，绝大多数的书籍都是抄录成卷轴的形式来收藏、来阅读的，一般称之为"卷"，也有用古代的称谓写作"编"的。这种把家人的著作汇集在一起的做法版本学上称之为"家集"或"家门集"。到宋代以后，刻板印刷兴起，除了官刻、坊刻之外，又有了家刻本、宅刻本、私刻本等形式。这种家刻本的源头大约就是唐代时已经有的这种"家人集"吧。当然，后世的私刻本、家刻本所包含的内容要丰富许多，不仅有家人的著作，也有其他经、史、子、集中他们认为值得刻印的著作。杜牧家的这几百编"家集"应该多是历史类书吧，要不他怎么说"上下驰皇王"呢。

除了自己家的宅第，杜牧还在不少的诗作中写到了长安城中其他名人的宅第院落，虽不是专门介绍长安城建筑的文字，但从诗中所写宅第主人的情况，也能让今人略略地领会唐时长安城的风貌。下面就说上两处吧。

在长安城中部偏南有永崇里，这是唐长安城中一个较大的坊里。当时的永崇里四面各开有里门，里中还有十字大街，就如一个小镇。永崇里旧址在今天西安大雁塔西北方，西安地质学院至省委之间，就是育才路的两侧。永崇里的东南角原有唐代七位太子的祀庙，懿德、章怀、节愍、惠庄、惠宣、惠文、隐太子。祀庙建筑庄重、高大，与南面的慈恩寺大雁塔遥相呼应。来到此处，你就会有一种肃穆静谧的感觉，所谓环境影响人的情绪即是如此。永崇里住了不少宰相级别的人物，比如

大雁塔旧照

刑部尚书韦抗、兵部尚书萧昕、司徒兼中书令李晟等。
李晟及其子李愬、李愿等都是唐德宗时期立有战功的有
名功臣，李晟为平定西域、李愬为平定淮蔡立下了汗马
功劳，所以，德宗在兴元元年（784年）把永崇里的一座
大宅院特意赐给了李晟。据说李晟入住的那天场面热闹
极了，长安城中的京兆府还专门送了几缸柳林春陈酿和
一席玉春宴。这玉春宴在唐代可不是说吃就能吃上的，
也不是随便就能做出来的。玉春宴比当时盛传韦巨源家

的烧尾宴要丰盛、难以制作许多倍呢。烧尾宴从甜点到烹炒煎炸共有五十八种食品，而玉春宴则有一百三十种食品，从食材、花色、烹制方法、味道变化、数量等方面比烧尾宴甚至比清代的满汉全席还要丰富、高档许多。"猩唇、燕翠……河隈之酥、巩洛之鳟。洞庭之鲋、灌水之鲤。……蚶酱，苏膏，羌煮，荆汤……"听说光面食就有三四十种做法与品味。这个菜单与制作方法在唐代诗人段成式《酉阳杂俎·卷七·酒食》章节上有，你要感兴趣就自己去查查看吧。

京兆府尹命令厨师们在永崇里李晟府宅的西跨院里把几口大锅支上了，炒瓢碰得叮当响，熬炖醋溜、煎炒烹炸，不多时席面的味道就传了出来。大笼里的蒸碗摞得比人都高，随着从笼里扑扑喷出来的白气，一种混合着花椒、大料、桂皮还有稻米的香味就飘过来了，懂行的人一闻就知道，这是长安席面里最好吃的，也是最不能缺少的碗子——粉蒸肉。快到午时，最不敢闻到这种味道，因为肚子已经开始饿了，越闻心就越慌，越想腿就越软……给平西王过事，当然不能简单，德宗皇帝还专门从皇家乐队教坊中抽出二十人，组织了一个乐班吹吹打打，引导着李晟一家人进入新的府第大门。然后乐班站立在两廊，吹着《得胜》曲，唱着《得胜》歌，弄了整整一天，反正怪辛苦的。

　　你要问了，德宗皇帝给李晟父子又是送宅第，又是办酒席，倒是为啥呢？你先听杜牧咋说的："天下无双将，关西第一雄。……家呼小太尉，国号大梁公……"（杜牧《题永崇西平王宅太尉愬院六韵》）这功劳大得没法说，不是李晟父子先后东征西杀，安邦定国，恐怕这唐朝的江山也不得稳坐，你说皇帝能不感激吗？

　　唐代的京城长安自然风光、院落建筑当然是很美的，杜牧有一首《长安夜月》的五言诗，写出了长安城街道上的那种疏旷、轻度奢华与安详。"寒光垂静夜，皓彩满重城。万国尽分照，谁家无此明。古槐疏影薄，仙桂动秋声。独有长门里，蛾眉对晓晴。"读着这《长安夜月》诗，你闭上眼睛试着深呼吸几下，嗯，嗯，是不是闻到一种淡淡的草香，是不是闻到一股似有似无的桂香飘来？凡是居住在长安城的人，或到过长安城的人，当你秋夜里走过大街小巷时，你一定会看到槐树的疏影映照在路面上的景象。当你漫步走在这清凉的街上，路灯映照下，你的身影由长变短，由短变长，时时与槐树的影会合，加入，这时，当你的心里一定会跳出诗人、秋意、古代的长安城这样一些词语来。我在文章里不止一次地说，了解长安，一定要了解槐树，了解长安人，一定要感受长安的夜。

　　在杜牧的《樊川外集》中收录有一首《秋夕》诗，这是我在中学生时代就已经熟读的诗："红烛秋光冷画屏，轻罗小扇扑流萤。天阶夜色凉如水，卧看牵牛织女星。"为什么说我曾经熟读呢，那是因为我的老师端如先生把这首诗为我书写成幅，我郑重地悬挂在床前，朝夕相对，总要读上几遍，没用一个月就烂熟于心了，甚至把老师书法作品中每个字的结构、用笔都记得清清楚楚。在这里给你透露一个背诗背文的诀窍，如果你要背记一段文字总是背不下来，那你就把它抄出来（当然，最好书法漂亮一点），挂在床头或书桌前，天天自觉不自觉地看上几遍，不用多久你就会一字不落地背出来了，可能还会琢磨出诗文里更深层次的含意呢。

"侯家大道旁，蝉噪树苍苍。开锁洞门远，卷帘官舍凉。栏围红药盛，架引绿萝长。永日一欹枕，故山云水乡。"（杜牧《长兴里夏日寄南邻避暑》）长兴里在朱雀大街以东，与杜牧居住的安仁里隔街相望，就是今天西安城南长安北路与友谊东路永宁村、和平村一带。长兴里中间有一条东西向大街，街南有中书令杨师道宅、肃宗皇帝女纪国大长公主宅、顺宗女汉阳大长公主宅、宰相杜鸿渐宅等，所以，杜牧诗中称长兴里中间的大道为"侯家大道"。侯王公主的宅院肯定宽大了，绿树成荫肯定也没问题，仲夏时节，蝉在苍苍茂密的大树上鸣叫，藤在高高的架上缠绕，阴凉的藤萝架下支一竹床，这可真是避暑的好地方。

长安的夏季已经有几十天不下雨了，皇帝求雨，官府求雨，民间求雨，好像效应都不大，甚至皇帝还下了

"罪己诏"给上天诉说："都怪我，都怪我，赶快下雨吧，别让百姓受灾了。"皇帝还做了一个决定，把宫里积压了多年的宫女选出四百八十人放出宫，让亲属认领回去，以示皇帝减少享乐的行为。这天，皇城南边的安上门外大街两边挤满了人，官员、僧人、百姓，把安上门前围了个水泄不通。按皇帝的旨意，先把这些宫女安排到务本坊和兴道坊的寺院里，让僧人们负责接待这些宫人们的亲属，然后再由他们陆续领回。可是这些宫人进宫多则十几年，少则三五年，亲属们早就想念得不行了，哪里能等着再去寺院里认领，他们天不亮就来到皇城的安上门外（位置就是今天西安永宁门）。你想，今天要放出四百多宫女，每家来两个人，加上官员、僧人，这街道上就拥挤了两千多人，能不嘈杂混乱吗？午时刚过，城门大开，只见一队兵士前导，后面是数名宫内太监的轿乘，再后面就是一大队宫女，手提包袱，拖拖拉拉地从皇城内走出。人群顿时骚动了起来，喊爹的，哭娘的，大声叫着女儿乳名的："好奴，好奴！""翠翠，翠翠！""娘啊……"各种声音混合在一起，乱作一团。宫内管事的太监张公公一看这情景不好，赶忙招手唤过兵士中的头目说道："让他们安静一下，圣旨还没宣呢。"兵士头目先让兵士将众人赶向后退，露出了一片空地，这才请太监张公公过来。张公公整理了一下衣冠，抖了抖袍袖，然后从小太监手中取过圣旨打开宣读，意思是说皇帝为体贴民意，缓解旱象，决定放出宫女四百八十人，云云。

　　张公公刚把圣旨读罢，还想再说上几句赞扬皇帝的话，可是百姓思子心切，骨肉情深，谁还顾得听那些空头大话，众人一拥而上，冲进队伍就去寻找自己的亲人了。"十年一梦归人世，绦缕犹封系臂纱……"（杜牧《出宫人二首》）这些忍受多年寂寞的年轻宫女们能走出高墙那真是天大的幸运，而在这十几年里，又有多少宫女们早早的就丧失了年轻的生命。"尽是离宫院中女，苑墙城外冢累累。少年入内教歌舞，不识君王到老时。"（杜牧《宫人冢》）宫里的这些年轻姑娘们真是好可怜，入了宫就丧失了上天给予人的所有自由和尊严。杜牧诗中说有些宫女到老都不一定能见上皇帝一面，我想这是从另一个角度来讲的。有些年轻的宫女去世后，抬出宫苑草草掩埋，好一点儿的给她刻块小小的墓志表示安慰一下。从目前出土的唐代宫女墓志来看，许多宫女墓志上连姓名都没有，是不便写呢，还是宫女太多，管理者根本就记不得那么多姓名，或根本就是懒得记那些姓名？

　　杜牧诗中说"苑墙城外冢累累"，应该指的是长安皇城北边的大门，也就是皇城的兴安门、玄武门、芳林门、光化门等。皇城的北边是禁苑，除了大明宫，以西地区全是空旷的荒地，掩埋了这些无名的小宫女。

　　过去长安城外从西北绵延到东南有一条宽大的土

原，像是保护长安城的一条巨龙。汉代的时候就称这条土原为龙原，西北是龙首，设龙首乡。二十世纪九十年代前，西安城北稍门外有龙首村，据说这是西安城风水的"穴口"，古代时一般是不会在此有高大建筑的。风水虽然好，但汉唐时帝王宰相的陵墓却都是建在渭河以北，与这条龙原遥遥相望。当然，也不能说在龙首一带绝对没有大的陵墓。二十世纪六七十年代吧，长安城中西北一带的住户，特别是少年儿童，基本上都知道从小北门出去，一直向北上了红庙坡，过了一条臭水渠，就能看到一个巨大的陵墓土封，我们都叫它"大土堆"。

"大土堆"可是那个时代西安城西北一带小孩子们的好去处，特别是夏秋之季去"大土堆"旁边捉蛐蛐，那可是小孩子们最快乐的事。据说，"大土堆"边的蛐蛐个头大，咬起架来最厉害，因为它们吃了坟墓里的土，坟墓里原来埋的是大将军之类，蛐蛐肯定就厉害。问了当地人，谁也不知道"大土堆"里埋的是谁，或着埋的是什么。但这里是唐长安城的玄武门城楼之下，是当年"玄武门之变"的战场，难道"大土堆"里埋的是李建成？李元吉？或是东宫守将薛万彻？谁知道呢！

小孩子们关心的是捉蛐蛐，除了捉蛐蛐外，还有一个紧要的事就是钻进苞谷地里掰苞谷棒子。夏秋之季，早苞谷刚成熟，浆汁满满，颗粒大大，掰上几个苞谷棒子塞进怀里，走四十分钟左右到家，只要稍稍煮上二十分钟，那苞谷的香味便会飘出来。几个小孩子围在一起，啃着苞谷，看着蛐蛐相斗，这就是那个时代儿童们的娱乐。你要问，小孩子掰人家地里的苞谷难道没人管？那时候是大锅饭，也有人看地，但他们时常溜回去睡觉了。你又要问，为什么不按时吃饭，平时能吃进去煮苞谷棒子吗？嗯哼！你这可真是"饱汉不知饥汉饿"的话。

"平明送葬上都门，绋翣交横逐去魂。归来冷笑悲身事，唤妇呼儿索酒盆。"（杜牧《哭韩绰》）杜牧一早上就去给他的好朋友韩绰送葬了。唐代人当然重视风水，选择坟地一般多是在东边春明门、通化门之外，这里也是龙首原的一部分，甚至有时候也把长安城东边的土原称为龙首原呢。长安城中的一般官员或士人去世后多埋在龙首原上的凤栖乡，稍有级别以上的官员则多在少陵原上入葬。我手边正好有几张唐代墓志的拓本，翻看了一下，有这么几种代表性的介绍给大家。

《唐燕国夫人卢氏墓志》："麟德元年九月八日薨于万年县兴宁里。""麟德二年岁次乙丑二月癸酉朔一日癸酉，葬于雍州万年县洪原乡少陵原。"卢氏是上柱国平兴郡开国公杜氏的夫人，住在官宦云集的皇城边的兴宁里，去世了自然是要出通化门向南上少陵原了。洪原乡在今西安城南兴教寺北原附近，杜牧《自撰墓志铭》中也标明葬于洪原乡，可见杜氏家的祖坟当在此乡，要不这位平兴郡开国公杜氏的夫人何以在此下葬，也许这位燕国夫人还是杜牧的什么亲戚呢。

另一唐墓志是唐沂州长史杨志忠的，逝于任上，身归长安后则"葬于万年县义善乡凤栖原，礼也"。义善乡在长安城东十里处，唐贞观十九年（645年）这里修建了一座义善寺，故以寺名命乡名。凤栖原上古墓甚多，现在于此地也建了不少公共墓园。

对，对，对，别再说墓园的事了，让人心情怪压抑的，要不，杜牧送葬回来也喊着妻儿要大碗喝酒呢。

秋天渐深，长安城外的风光已经变了味道。杜牧想去城南樊川一带郊外游览一下，本来是和中书舍人沈询约好一起去的，可是临行时沈询却派人来告知，有事不能去了。杜牧的心宽，游兴又高，一个人当然也能去玩儿玩儿啊。

"邀侣以官解，泛然成独游。川光初媚日，山色正秋。野竹疏还密，岩泉咽复流。杜村连滴水，晚步见垂钓。"（杜牧《晚秋与沈十七舍人期游樊川不至》）

杜牧一个人骑着马，从长安城的明德门出来一直向南，走不到半个时辰，到韦曲向东一拐就是樊川了。樊川是长安南郊风景最美的一条东西方向的川道，往南望，终南山青翠横卧，紧北边，靠的就是树木丛生的少陵原。从韦曲向东一拐就可见半原上牛头寺的龙爪槐、

长安南郊樊川古寺之一

华严寺的佛塔、兴国寺的大殿、兴教寺玄奘法师的舍利塔院。这绵延几十里的佛教建筑，在当时就有"樊川八大寺院"的美称。杜牧东张西望，闲散地走着，除欣赏樊川的秋景，今天他还有一个目的，就是到杜家的老宅看一下。

前文说了，杜牧的祖上杜佑在安仁里有他们的府第，当了宰相后的杜佑在樊川杜曲原上又建了一座别墅。老杜家的别墅中林木花卉幽邃，亭廊池沼雅致，在当时可称是樊川上的胜景之一。杜宰相还时不时的来此宴请友人，唐代诗人钱起有一首《题樊川杜相公别业》诗这样写道："数亩园林好，人知贤相家。结第书阁俭，带水槿篱斜。古树生春藓，新荷卷落花。圣恩加玉铉，安得卧青霞。"别墅里杜氏的家庙、石室、房屋亭阁的遗迹在清末民国时还能见到，现在华严寺的西边还有一个地名叫"杜公祠",可能就是杜氏别墅的一部分呢。

杜牧年轻时经常会随祖父、父亲来樊川杜氏别墅住上一段时间,对这里当然是有感情了。杜牧曾对他的侄子说:"我晚年一定要去樊川的祖宅中养老,等我不在以后,如果编我的集子一定要命名为《樊川集》。"他的愿望当然是实现了,这都是后话。杜牧骑着马缓缓来到原上,进了杜氏别墅,站在大堂之前,看着草木如旧,风景依然,心里倒有些许别样的感觉。因为祖父已经去世多年,这里已经没有了当年的热闹与喧嚣。杜牧抬头看了一眼高高的堂屋,无意间看到了房檐瓦沟内已长出了不少瓦松,这让他想起了当年祖父给他讲的瓦松的故事。

一天,杜牧陪着祖父杜佑在别墅里散步,杜佑指着堂屋顶瓦沟上长的一种状如松塔的草问他:"牧儿,你认识房顶上那草吗?知道它叫什么名字吗?"杜牧自小生活在官宦人家,不是那种爬墙上房的顽童,他住的宅院高大宏伟,平时也难看到房顶,当然不知道那房上的草叫什么名字了。"祖父,我不知道那草叫什么名字。"杜牧摇了摇头说。"牧儿,你以后要考进士,要做文官,学问还是要博杂一些的好。"杜佑指着堂屋上的松塔状的草说道:"那叫瓦松,《博雅》书上说,在屋曰昔耶,在墙曰垣衣,瓦松只长在老屋的瓦上。魏明帝极喜欢瓦松,当年他在洛阳建都时,专门让人来长安，把老屋瓦上长的瓦松移栽到洛阳，复盖在他的宫殿上。唐初有位诗人叫崔融的你应该知道吧？"杜牧点了点头答道："'文章四友'的崔融，孙儿哪能不知。"

"好！"杜佑接着说，"崔融写了一篇《瓦松赋》，就是专门说瓦松的，只是他说瓦松前人从未有记载过，这是不对的，魏代张揖撰的《博雅》不是就有吗。"杜佑笑着对杜牧说："大历年间，要修葺大明宫的含元殿，有一位工匠请求干这项工程，他说他的祖父就曾修过含元殿，这个工程他懂，也熟，应该让他来做。其他工匠听了则不服气，说你祖父曾修过也不能说你就可以胜任。这位工匠说，那他如果能让瓦面不生瓦松怎么样呢？众人一听也就没什么可说的了，因为要让房上瓦沟里不生瓦松那可不是一件容易的事。"

我不知道现在还有人记得那老屋上的瓦松吗？还有人记得瓦松那酸溜溜的味道吗？对了，长安城中的老户就把老屋瓦沟内生出的瓦松叫"酸溜溜"。《药味百诀歌》上说："瓦松酸平，止血调经。炒研外敷，治疮也灵。"瓦松实际上是一种景天科的多年生草本植物，但为什么只生长在老屋的瓦沟里，移栽下来多不能存活，这倒是个谜。几十年前，长安城中的瓦房多，几乎每条街巷里，只要稍有些年头的房屋上都会生长瓦松。每年秋天雨季将要来临之际，房屋主人总会请人上到房顶，将瓦松、杂草拔出扔下，以便雨水顺利流动而不渗透到屋内。这时，小孩子们就会在屋檐下等着，有扔下来的瓦松便会上前哄抢，虽然说瓦松无毒可食，但那酸溜溜的味道实在也不是什么美食。那时的小孩子无聊的时候多，哄抢，吃酸味，只是为寻求一时的刺激罢了。吃上两瓣瓦松的枝叶，大家转身就另寻游戏去了，剩下的只有扔得满地的绿色浆叶而已。

杜牧从老宅中出来，向东从华严寺旁的一条小路上原，这里就是朱坡。朱坡一带在唐代是很有些林泉之胜的，不似今天只是干干的黄土原。唐代的时候上原的小路两旁全是绿杨树，夏秋之时，特别是在午后走在这小路间，蝉鸣其上，泉流其下，秋风吹着杨树哗哗作响，你无论有什么烦恼、暑气，一定会被这声音、会被这景色掩盖掉，你一定会努力地嗅闻着这大自然中飘来的淡淡草木味，你也一定会让自己的心与这天籁相融合。杜牧是诗人呀，他当然也在愉快地欣赏着樊川坡上的美景。"下杜乡园古，泉声绕舍啼。……倚川红叶岭，连寺绿杨堤。迥野翘霜鹤,澄潭舞锦鸡。……洞云生片段，苔径缭高低……"（杜牧《朱坡》）诗很长，用词也美，但是杜牧所见、所描绘的景色与现在的自然状况相差很大，我们很难直观地感觉到，但我们能想象呀。"想象"大约是人类最伟大的机能之一，人们利用"想象"解决了人类精神层面上的许多烦恼与困惑。

在杜牧的诗集里，有三首专门写樊川朱坡的诗，其中有一首是他在江南为官时所写的《忆游朱坡四韵》，开句便说："秋草樊川路，斜阳覆盎门。""樊川"是汉高祖刘邦赐大将樊哙食邑之地，初名"樊乡"，后以

乡名称东西方向的整个川道。"覆盎门"，唐代长安地
名书来上无此称呼，这是杜牧借用了汉代时的名称，泛
指长安城南门而已。《汉书·刘屈氂传》："太子军
败，南奔覆盎城门得出。"（长安城南出东头第一门曰
覆盎门，一号杜门）。唐代的长安城区与汉代的长安城
区南北还有一定的距离呢。杜牧借用汉长安城南门称他
所出的唐长安城南门，只是烘托一种气氛，就像我们今
天把西安城墙的大南门称为永宁门一样。当然，杜牧在
《朱坡绝句三首》中所说："烟深苔巷唱樵儿，花落寒
轻倦客归。藤岸竹洲相掩映，满池春雨鹧鸪飞。"这种
景象似乎在近代的樊川里还有很多痕迹可寻。

　　二十世纪七八十年代，长安城的人去樊川郊游不算什
么难事，骑上自行车从南门出发一个小时即可到达韦曲东
边的杜公祠、牛头寺原下，不游牛头寺可再向东骑上半小
时，就到兴教寺了。那时候樊川大道两边都没开发，北边
靠原是村落，南边则是田地，其中还有星星点点的池塘。
长安的气候自古四季分明。四月多，刚过春季，气温变
热，就像是要进入夏季了。树上的叶子从嫩牙泛绿到茂密
成荫，几乎就是眨眼之间的事情。田间池塘边，三五个儿
童有的正在用手撩着水，测量着水温，有性急的，干脆脱
了衣服跃跃欲试，正准备跳入池水之中呢。这画面、这景
象只有诗人才能体味到其中的意趣。"樊川春去速，才绿
已成荫。童稚塘边过，解衣试水温。"这诗是我老师端如
先生写的，那年，他带着师范的学生在樊川长安一中实

长安南郊少陵原上牛头寺建筑

习，我去看望他，先生用毛笔精心书写了这首诗送给我，至今我还收藏在书斋之中。

从牛头寺边的小路上原向东就是朱坡，朱坡并不是仅仅指一条上原的坡道，而是指上了土原以后很大的一片较为平整的区域。不仅从杜牧的诗中，从唐代其他诗人的诗作中我们也可以看到描写韦曲、少陵原、朱坡上的景色：池塘、竹林、禽鸟、深巷。

二十世纪八十年代初，我和朱鸿都是文学青年中的那一批热情者。朱鸿每天夹着笔记本去找老师，我则每晚背着书包去听讲座。我们隔三岔五的会合点就是他在陕师大那幽暗的学生宿舍。这也是初夏吧，朱鸿邀我去他的老宅做客。当然，那时也没请客这一说，年轻人嘛，只是说了一声："走，去我家吃面去。"于是，我就跟着他去了。朱鸿的家就在朱坡上，但是村子叫什么名字，具体在哪条街巷，我已经忘记了，只记得老宅的门楼很高大，进门是一很宽阔的前院。北方农村的院子前院基本不种花草，宽阔平整是为了便于操作生计，但几棵枣树、梨树还是会有的。走过前院就是上房，上房很高大，进了房门见大堂壁上还悬挂有字画之类，只是画面已被炊烟熏得很黯淡了，看不清楚上面所写的名称落款，朱鸿说那是他祖父留下来的东西。好像没记得和朱鸿的父母谈什么话，面条却很快端了上来。关中的面食不用形容，那是其他的地方所没有的美味。其实面食的调料很简单，辣子、盐、醋、油爆葱花，这何以成为美食，程序？原料？或者是水土？

朱鸿家所在的村子很大，巷子也很深，杜牧诗中"烟深苔巷唱樵儿"的意境似乎还能感觉到。当然，"樵儿"唱歌已经不存在了，但傍晚炊烟笼罩着的深巷还在眼前。起初，我还以为朱坡之名是因为这一带居住的朱姓人多才有的，我还以为朱鸿的祖上是明太祖朱洪武的后人，因为朱鸿告诉我他家有不少明代的瓷瓶、瓷碗之类。待后来读的书渐渐多了，才知道朱坡与朱洪武无关，因唐代或更早就有朱坡之名，朱坡上的朱姓人家实在是在此生活了千年以上呢。

杜牧对于他祖上在樊川的别墅是非常眷恋的，这里不仅风景优美，也有他许多童年的记忆。可惜当他被调至洛阳、宣州、江州等地为官十几年再回长安后，却病倒在安仁里的老宅之中。不到一年，便去世了。

在这篇文章中，我原来还想写杜牧游城南曲江、杏园，游城中寺院、小巷的事呢，但杜牧的眼光实在是太过于纵横，你想从他的诗中体会唐代长安风俗恐怕有一定的难度，但体会杜牧的心情，从他的心情感觉他所看到的长安城世事变化，或能在今人的脑子里构建一些画面，这画面就是晚唐长安城的景况。

"安邑南门外，谁家板筑高。奉诚园里地，墙缺见蓬蒿。"（杜牧《过田家宅》）

过去筑土为墙都是用木板相夹，中间填土夯实而成的，故称之为"板筑"。安邑坊在长安城东市的街南，唐代有名的人物李德裕、白居易等都曾住在这里，那这里是谁家的宅第，这么高的围墙呢？"奉诚园"是唐贞元年间司徒马燧的宅第，那可是富甲天下的人物，可杜牧所见之时却是墙塌屋坍，从倒塌的缺墙处可望见院内蓬蒿丛生，野狐乱窜……

或许历史就是这样，没有永远的盛世，也没有永远的艰难。

山川如画摩诘笔
田野清风右丞歌

王维，字摩诘，祖籍山西太原祁县人，因王维久居京城长安，有人也称其为京兆人。王维是唐代开元时期最著名的诗人、画家之一。因其官至尚书右丞，后世人也称其为"王右丞"。

王维年轻时就是一个才子，不仅工于诗歌，而且特别善于书法。十几岁时他的隶书、行书就已经写得笔墨俱佳了，至于绘画那更是他的拿手好戏，据说现在好几家博物馆里还藏有从唐代传下来的王维画卷呢。王维二十岁前来到长安城，由于他才艺出众，就得到了唐睿宗的第四子李范的赏识。李范开元年间被封为岐王，府第就在长安城皇城东墙边的安兴坊内，旧址大约在今西安市朝阳门外路南西安搪瓷厂周边那一带。岐王李范不仅爱才，自己也喜欢诗词歌赋、书法绘画。他不管你有没有功名，不管你职位高低，只要文章写得好，诗歌作得好，书画有水平，岐王都乐意与之交往，甚至还会时时去登门求教呢。

大约是在唐开元八年（720年）春夏之交的一个午后，岐王李范领着万年县尉刘庭琦、太祝张谔，当然还有诗人王维等一行数十人，浩浩荡荡出了长安城的通化门，向东下长乐坡，前往灞河边上杨隐士的别业访问。长安城位于内陆地区，一年里四季分明，以春秋两季的气候为最好。特别是五六月份，一出城门满目便都是绿色，大道两旁的柳树枝条丰满，不肯摆动，沉沉地垂到了地上；离大道稍远一点的排排白杨，却哗哗啦啦地摆动着叶子，似乎是在招着手，让行人前往树下乘凉，享受它那茂密的绿荫。此情此景让岐王李范的心情非常愉快，他一面哼哼着歌，一面催促着大家快些行走。

太阳刚刚偏西，岐王等人就来到了杨隐士的别业前。说是"别业"，可不能想象成现代化的那种洋房别墅，古代的"别业"就是指在别处另设了一产业而已。你想，都号称隐士了，还能大兴土木在灞河边上盖一座几层高的连体别墅吗？杨隐士的"别业"是用低矮的土墙围成的一个院子，几间茅舍，分为大堂、书房、卧室，至于大门嘛，那就是几根树枝绑成的柴扉。你尊重规矩，有修养，那就是门。你不尊重规矩，自以为是，那就是柴火。岐王李范是有身份的人，当然要遵守规矩，当他走到杨隐士门口时，就急忙下马，抖了抖袖袍，整理了一下衣服，然后才招呼随行人员前去叫门。"杨先生，杨先生，岐王前来拜访您了。"工夫不大，就见茅屋里走出一人，头戴方巾，身穿白袍，花白的胡须飘洒在前襟，瘦瘦的脸上泛着慈祥的光芒，一看就是一位有学问的人。"杨先生，岐王来拜访您了。"随行侍者见杨隐士出来，赶忙上前通报。杨隐士看到岐王李范已站到门首了，就紧走了两步，躬身施礼，说道："岐王大驾光临寒舍，请进，请进。"显然，岐王也不是第一次来杨隐士的家了，两人寒暄完毕就招呼大家进门，分宾主落座。

这位杨隐士对儒家经典十分有研究，特别是对《易经》更是别有心得。中国人自古以来，不论是知识阶层还是普通百姓，都把《易经》既看成是儒家经典之一，又看成是一部可以用来占卜的工具书。所以，一听说某人研究《易经》，首先想到的，或者想问的第一句就是："能不能给我算一卦！"岐王李范是有些学问的人，他向杨隐士询问的多是《易经》中所阐述的事物变化道理。当然，末了问一下流年，询一下吉凶，还是可以有的。

王维这时候才二十出头，内心里是诗人的感情，眼睛中是画家的目光，对这种拜访并不十分感兴趣，他耐着性子听完了岐王与杨隐士的问答。只见岐王李范招呼了一声："排摆酒宴！"王维的心里顿时就乐开花了。岐王出行吃喝用度肯定是带得十分充足，而且人多好干活，不大一会儿，丰盛的酒宴就排摆好了，大家喝酒畅谈，不知不觉就来到子夜时分。岐王见时间不早就赶忙吩咐："打道回府。"于是呼隆隆一阵忙活，残席撤下，岐王拖着疲惫的身子告辞杨隐士赶住长安城。

"杨子谈经所，岐王载酒过。兴阑啼鸟换，坐久落花多。径转回银烛，林开散玉珂。严城时未启，前路拥笙歌。"（王维《从岐王过杨氏别业应教》）

这是王维对这次出行的总结，他的诗中有一句"严城时未启"，似乎是说长安城晚上关了城门，尚未到开启的时候。这当然是不能让人随便出入了，但不知岐王他们一行人是如何进得长安城的，还真是让人费些猜想呢。

王维不仅陪着岐王李范去过杨隐士的家，而且还去过卫家山池院夜宴。这个卫家山池院在长安城的什么位置，具体主人为谁，史书上也未见记载。但从王维诗中"座客香貂满，宫娃绮幔帐。涧花轻粉色，山月少灯光……"（王维《从岐王夜宴卫家山池应教》）所形容的场景来看，这个"卫家山池"可不是一般的人家。唐代长安城中，由于从终南山中有数条人工渠引来了清泉水，比如东南边的黄渠，西南边的春明渠、永安渠，以及横贯长安城东西的漕渠，使得长安城中许多坊里都有了活水在潺潺流动，这就大大改善了长安城的自然环境。黄渠所流经的曲江地区不用说了，春明渠所经过的安乐坊、昌明坊、崇德坊、兴化坊、通义坊、布政坊等朱雀大街两侧诸坊，便形成了树木丛生、百草丰茂的生态环境，从而也就形成了众多的有山石、有水池的"山池院"府宅。

岐王李范爱玩，经常带领着一大帮诗人画家东跑西跑，有时候竟然跑到几百里外的麟游县皇家的避暑胜地九成宫里去玩呢。"……林下水声喧语笑，岩间树色隐房栊。仙家未必能胜此，何事吹笙向碧空。"（王维《敕借岐王九成宫避暑应教》）他们玩得开心，但大臣们可有意见了，玄宗皇帝也有意见，他下令，诸亲王不能与臣下交结宴游，拉拉扯扯成何体统。这个禁令起初还执行了一段时间，但没过几年就无人再问了，你没看开元年以后，李白来到长安城不是经常去宁王李宪家的山池院里喝酒么。

王维的诗无疑是唐代诗坛上艺术水平最高者之一，王维又是画家，无论是作画与作诗，他都在努力提炼出生活画卷中的美来。特别是他的田园山水诗，更是把中国文化中动静结合、心物相映的审美观点表现得淋漓尽致。正如苏东坡所说："味摩诘之诗，诗中有画；观摩诘之画，画中有诗。"可以说，后世许多山水画家创作的艺术灵感都是受到了王维诗歌的启发。千百年来在中国传统文化的学习与欣赏之中，王维的诗无疑是我们最为熟悉的。"大漠孤烟直，长河落日圆。""劝君更进一杯酒，西出阳关无故人。""独在异乡为异客，每逢佳节倍思亲。"这些经典的诗句被我们无数次的引用，之所以如此，就是因为王维的诗：画面美，情感深。

一千多年前的长安城，无论是郭城内的街巷，还是郊野外的村庄，在诗人的眼里都充满了自然、安详、和谐的美感。

"清溪一道穿桃李，演漾绿蒲涵白芷。溪上人家凡几家，落花半落东流水。蹴鞠屡过飞鸟上，秋千竞出垂杨里。少年分日作遨游，不用清明兼上巳。（王维《寒食城东即事》）

"斜光照墟落，穷巷牛羊归。野老念牧童，倚仗候荆扉……"（王维《渭川田家》）

长安城中东部的常乐坊、安邑坊、新昌坊等都是唐代人口密集的区域。这里出城方便，东边有春明门；购物方便，紧挨着就是商贸区东市，向南有游览休闲的胜地曲江。过去曲江的水很宽大，而且通过沟渠分布延伸到了周边的坊里之间，就如溪水一般在街巷中流淌。有了水就有了树木花草，就有了生态变化。深春时分，儿童们围在一起，踢着小皮球，有时皮球高高飞起，冲上天空，似乎要高过飞翔的鸟儿。树荫下，秋千在摇荡，小女孩们也不示弱，荡起的秋千几乎要超越白杨的树梢。

有人说唐代的蹴鞠就是现代足球的雏形，这似乎有些相近，但唐代的蹴鞠最后发展成为踢毽子运动了，与现代英式足球按照一定规则进行比赛的运动又分成了两条岔道。但无论如何，儿时的游戏是永远也不会中断的。我不知道现在的小学操场上有什么游戏项目或运动器材，我记得五十年前的小学操场上有秋千、单双杠和一种被称之为"雷木"的器具。当然，最受欢迎的，还是那总是抢不到手的秋千了。

王维自二十多岁来长安，二十三岁中进士后，大多数时间就生活在长安城中。我们都知道王维在终南山下有别墅，在蓝田辋川里有别业，而且晚年就住在辋川直到去世。但他在长安为官时居于何处，史书上及研究者都少有提及。我们根据王维自己的诗中所言及的生活环境来推断，王维应该就居住在长安城东部的常乐坊一带。比如前面所引用的诗作《寒食城东即事》，比如他送族弟东游后随即就登青龙寺楼上远眺，特别是王维在《韦侍郎山居》一诗中说："讵枉青门道，故闻长乐钟。清晨去朝谒，车马何从容。"他在《待储光羲不至》一诗中也说："重门朝已启，起坐听车声。……晓钟鸣上苑，疏雨过春城。了自不相顾，临堂空复情。""青门道"肯定就是长安城东门春明门外的大道了，能听见皇宫内的晨钟声，又能听见早上宫门开启后车马行走的声音，既然是"等待储光羲来"，肯定是在家里的堂屋内，何况还有"清晨去朝谒，车马何从容"。因为常乐坊离玄宗常去的兴庆宫近呀，住在这里要去上早朝肯定不用着急了。所以，推断王维长安城中的居处在城东常乐坊一带或许问题不大。

王维在长安居住了数十年，朋友肯定不少。这是一个春天的早上，他和诗人裴迪一起去新昌里拜访吕逸人。新昌里在长安城春明门内，曲江池北岸，就是今天西影路北侧铁炉庙村一带，白居易就曾经在这里居住。

"桃源一向绝风尘，柳市南头访隐沦。……城外青山如屋里，东家流水入西邻……"（王维《春日与裴迪过新昌里访吕逸人不遇》）过去长安城，特别是南城曲江一带，因为有终南山引来的泉水滋润，大街小巷里到处栽种有槐树、柳树、杨树。那时候因为人少，空气好，站在稍高的地方就能清楚地看到终南山。其实别说唐朝了，就是二十世纪七十年代，在春季天朗气清的日子里，如果站在西安城的大南门外，甚至站在大北门外龙首村的十字路口向南眺望，青黛色的终南山就如在眼前。那感觉和王维说的"城外青山如屋里"是一样一样的。

我生在长安，长在长安，因为习惯了长安的气候、环境，习惯了长安的饮食、民情，所以常常要说些长安的好话，这让外地的许多朋友大为不解，以为我偏执或者有些地域歧视。其实不然，因为我常常也会想到古人、想到现代人在长安城中居住的种种不便，由这些种种不便，也会想到了长安城的缺憾之处。读唐代的诗歌就能时不时地感到这一点，比如王维的《苦热行》："赤日满天地，火云成山岳。草木尽焦卷，川泽皆竭涸。轻纨觉衣重，密树苦阴薄……"我早就说过了，长安城的四季分明，春秋两季的气候最好。到了夏季你可真要有一些消夏的方法才行。好在唐代时长安城里的人口不多，树荫下，水井旁，铺个竹席，搭个绳床，睡个长长的午觉，这可是一种绝好的避暑方法呢。二十世纪六七十年代的夏天与唐朝的夏天是一般的热，儿童们放了暑假后，最热时段的消遣便是在门道里约几位小朋友坐在草席上玩纸牌了。

长安城中过去的院落大门口大多是有门道的，基本上有一间房子大小，好像是把大门安装在了一间房子的中间，前半截是门外，后半截是门里。不论认识不认识主人，孩子们都可以聚集在大门外的门道里玩儿。特别是大户人家的门道夏天极为凉快，因为大青砖砌成的门楼、高高的房屋足以抵挡夏天的太阳和热浪，再加上这种大门楼地面多是用青条石铺成，夏天坐在上面那才叫凉快呢。记得那时候扑克牌很不易买到，小孩子们也没有钱去买。于是，聪明的孩子就自己动手制作了。先是找来一些硬纸片，裁成大小一致的五十四张，然后取来一块橡皮，把橡皮一头刻成扑克牌上的梅花形、方块形，涂上红墨水，盖在硬纸片上，盖几个梅花代表是几，末了再填写上数字。这样一副扑克牌就造出来了。孩子们最是无私，因为大家要一起玩呀，所以要发扬一些"共同财产"的风格，有孩子的父母在工厂里管质量检查，他就去要来了整齐而较硬的质检标牌，这标牌背面的空白正好盖上扑克牌图形，有孩子的父母在机关里管后勤，他就去弄来了墨水与橡皮。自制的扑克牌做好后，孩子们就坐在草席上围在一起，玩着各种游戏，这样，一个酷热的夏季午后就会慢慢地过去。

"娟子喽，呵娟子！回来吃饭！"外婆站在门口喊着小孙女。

"二虎子……你还不朝回走，面都然了！"段裁缝大声呵斥着他的儿子。

实际上，长安城中，盛夏里的晚饭时间是最热闹的。工作了一天的父母都回到家里，母亲忙着做饭，父亲则打扫院落。夏天里的井水特别冰凉，打上几桶井水泼洒在院子里，暑气便会马上消减下去。过去长安城中几乎家家户户都有水井。水质好的，比如城内西南角一带的甜水井街、夏家十字、盐店街等，从井里打出水来就可以直接饮用，因为清甜可口呀。但要是一过西大街向北走，莲湖路、青年路一带那井水就变味了，苦涩苦涩的，只能用来洗涮，不能吃喝。当然，只要是有井的院落夏天肯定就会好过些，吃罢晚饭，孩子们总会盯着水井看，因为水井的绳子还在井下垂着呢，井绳那端勾着的水桶里放着一个西瓜或几瓶汽水。西瓜、汽水"冰镇"了两个多小时，一旦吊上来了，冰凉、甜蜜的气氛便会弥漫在整个小院之中，这可是夏日晚饭后最让人兴奋的欢乐时刻。

我不敢说我们过去的生活是多么的惬意，因为那时候在儿童的眼里是没有困苦，是没有艰辛的。夏天的酷热，冬天的寒冷，对儿童们来说他们自有方法去度过。

"长安客舍热如煮，无个茗糜难御暑。空摇白团其谛苦，欲向缥囊还归旅。江乡鲭鲊不寄来，秦人汤饼那堪许。不如侬家任挑达，草屩捞虾富春渚。"（王维《赠吴官》）王维是北方人，他在长安是能够忍受夏日的酷热。这诗是他写给南方籍朋友吴官的。吴下苏杭夏日虽也天热，但有清茶豆汤可以解暑呀，江边凉风，山中清阴，那可是避暑的胜地，更别说再来一盘新鲜的鱼虾、蔬菜佐以花雕了。心情一好，那暑气早跑得一干二净了。长安的夏天可不一样，长安的夏天手执团扇最重要，这种动作一直要延续到中秋节后才算罢手。要不，长安城过去的扇子上都写着这样一首儿歌："扇子有风，拿在手中。有人来借，等到秋冬。"由于大半年时间人们手上都是拿着团扇，时间长了便成了习惯，于是妇女们把手中的团扇就当成了一种装饰、服饰，也就永远地拿在手中了。唐代时只有团扇，宋以后折扇从日本传入中国，以后中国的男子才多执折扇，而妇女们却坚守着传统，团扇仍是她们的最爱。

唐代的汤饼就如今天的煮馍、羊肉泡馍，食用方法是先将面饼烙成半熟，再用汤煮了吃，谓之汤饼。有人说"汤饼"就是汤里煮面条，面条也只是唐代人"汤饼"的一种吃法而已。在唐代是有将汤面条泛称为汤饼的，但"汤饼"一词起初一定是指将烙饼煮了再吃的食物。"饼"在唐代又称为"托""托饼"，现在长安地区则多叫作"托托馍"，仍有唐代的遗韵。

"秦人汤饼那堪许"。是啊，硬得如砖头的托托馍，尽管是掰成小块再煮来吃，但那一顿吃了整天都不饿的食物顶在胃里，说着吴下侬语的南方人肯定是不能"堪许"的。这就是"一方水土养一方人"嘛。

古代人好像都特别实在，当然也是特别喜欢崇尚自然的生活，家里稍为有点院落的，除过种树、栽花，菜圃、药圃还是要有的。中国文人讲究庭院里要有"四时不谢之花，八节长青之草"。但一年里总是有四季变化呀，哪有常年都开的花草呢，所以，人们就会多选择些花卉的品种来栽种。花的品种不够就种蔬菜，蔬菜不够可以种药，有些药的花色实在也是好看呢。"前年槿篱故，新作药栏成。香草为君子，名花是长卿。……蔗浆菰米饭，蒟酱露葵羹。颇识灌园意，於陵不自轻。"（王维《春过贺遂员外药园》）草药开花不仅能赏，所结果实既能当药也能当饭。

这天，王维在贺员外家游了园圃又吃了药饭，心情甚好，看看天色尚早，心想，不如去永宁里老朋友诗人张諲的家里再喝会儿茶吧。张諲的家在永宁里东门口，他虽然此时官任刑部员外郎，但他性格孤僻，平日里总是宅在家里不出门，很少与人来往。张諲不仅诗作的好，书法、绘画也是一流，这在《唐诗记事》与《历代名画记》中都有记录。张諲虽少与人交往，但王维来了还是要接待的，一是他也喜欢王维的诗，也尊重王维的人品；二是王维非常懂得绘画，而且王维的画风很是高雅，让他敬重。王维进了张諲的宅院，走过一段药圃的小路来到院中。"王兄，咱们就坐在院中品茶如何，院中宽敞，天气也好。""当然，当然。"王维答应着。他们就坐在了院中一棵高大的梧桐树下。

几千年来，长安城中的宅院里一直有这样的传统习俗：前院必定种有梧桐树，后院必定种有椿树。据说梧桐树能招凤凰，是吉祥的象征；椿树为春，是长寿的标志。王维与张諲坐在梧桐树下，谈诗、谈画、谈书法，王维夸张諲的书法与汉代的蔡中郎是可有一比的，这把张諲夸得脸都有些红了。正在高兴的时候，忽然从梧桐树上"啪嗒、啪嗒"掉下来两团白绒绒东西，落在了王维的肩头，王维顺手一拍，坏了，那团白绒绒的东西不但没拍掉，手上却感到被什么东西粘住了似的。张諲见状急忙喊道："别拍，别拍，小柱子快拿块毛巾来！"张諲的书童小柱子闻听赶快把毛巾拿了过来。"王先生，这是梧桐树的屄屄，黏得很，不能用手拍。"书童笑着对王维说。"什么屄屄？"王维不解地问。"就是梧桐树的尿呗。"书童更是笑了，"不过这尿不臭，还有一点香味呢。"张諲也有一些不好意："来，来，来，咱们移至房檐下吧。"

原来在梧桐树将要绽开花荚酝酿结籽的时候，总会分泌一种白色的黏液，这种黏液是梧桐的一种自我保护功能，保护树的种子不会被虫子或鸟儿吃掉。这种黏液黏性很大，虫子粘上肯定是跑不掉了，落在人的衣服上自然也很难洗掉了。所以，梧桐树的美好之中还是有一点点不尽人意。

前日读唐代诗人段成式的《酉阳杂俎》，也见到一则关于梧桐树掉落黏液的故事。说是长安某尚书家请客，也是在院中梧桐树下进行的，不料此时正值梧桐树开花，落下的黏液污染了来宾的衣服，尚书极失面子，也为之愤怒。所以，他就诅咒梧桐树：你再往下落黏液我就把你连根砍了！结果，还真灵验，从此尚书家的梧桐树就再也不落黏液了。当然，这都是唐人的传奇故事，也许这咒语是有年限的，没过几年梧桐树又开始往下掉落黏液了。

我们家原来的老宅内种有四棵梧桐树，因为这些梧桐树都种在墙边，每年春末初夏开花时节，掉落黏液似乎并没有影响到家人的生活，反倒是给我们的童年生活增添了不少乐趣。在梧桐树的花荚将要绽开，黏液开始分泌的时候，街巷中的小孩子总会勾下来几丛梧桐花荚，用少许水泡在一个大口的罐头瓶子里。一天一夜后，用一个铁丝弯成的小圈在瓶子里蘸一下，然后对着铁丝圈吹一口气，就会生成一排排气泡，并随着空气飘荡起来。哈哈，对了，和今天的肥皂泡玩具是一样的，但我们儿时的玩具多环保呀，也不会浪费家里的肥皂，不知道现在有没有人还会用梧桐树的花荚泡水来玩。

"不逐城东游侠儿，隐囊纱帽坐弹棋。……药阑花径衡门里，时复据梧聊隐几……"（王维《故人张諲工诗善易卜兼能丹青草隶顷以诗见赠》）王维在张諲的院子里闲谈了一下午，品茶、谈《易经》、欣赏书画，这可是开开心心的一天了。

王维在许多首诗里面都提到过"游侠"，城东有，城西也有，这里所谓的"游侠"主要指的就是那些年轻任性的青年，还有那些在城外游猎的将军与兵士。"风劲角弓鸣，将军猎渭城。……忽过新丰市，还归细柳营……"（王维《观猎》）王维在许多诗里提到"渭城"，"渭城朝雨浥轻尘，客舍青青柳色新。劝君更尽一杯酒，西出阳关无故人。"（王维《送元二使安西》）以前，人们为了"渭城"具体指得是哪里还争论了很久呢，后来大家基本认为，这里的"渭城"指的就是长安西边的咸阳城，因为出长安城向西域边塞，第一个大城就是咸阳了，而且咸阳就在渭河之滨。但王维《观猎》诗中亦有"将军猎渭城"，也有"忽过新丰市，还归细柳营。"的说明。如果"渭城"专指咸阳，何以将军、兵士们从长安西的咸阳忽又跑到长安之东，渭河边相距百十里地的新丰呢。新丰是长安城东汉代时就有的古城，新丰的居民都是汉高祖从楚国老家迁来的人，他们善制米酒。新丰出美酒，所以，唐代长安城中的米酒大多为新丰人所制，新丰也就成为长安城东边的重要城市。"新丰树里行人度，小苑城边猎骑回。"（王维《和太常韦主簿五郎温汤寓目之作》）这首诗中的描绘回应了《观猎》诗中"渭城""新丰"的所指。

实际上，王维诗中，或者说唐人诗中的"渭城"不一定是咸阳城的专指，那些在长安城附近渭河边的城市均可泛称为"渭城"，否则的话，王维诗中所说的"新丰美酒""渭城猎骑"你如何也联系不到一起，如果一定说"渭城"是专指咸阳，那么与新丰是各自东西，方向不同，而且相差百十里路，那就又纠缠成公案了，不必，不必！

王维有一首著名的诗想是大家都听过："不知香积寺，数里入云峰。古木无人径，深山何处钟……"（王维《过香积寺》）起初读这首诗的时候一直没弄明白，因为香积寺就在长安韦曲镇之西南，那里基本上是平川地带，怎么能够说"数里入云峰"呢。后来再三读他的诗以后才明白，原来是王维跑错地方，走错了道路，他一直向南来到了终南山北麓的太乙宫。太乙宫是长安城南秦岭山脉的一部分，传说其上建有玉帝的寺院宫殿，所以称为太乙宫。太乙宫西边的山峰名翠华山，其上有不少庙宇，从山下到山上层层建立，当地人称为南五台。

南五台既是长安城南的游览胜地，也是长安城佛教徒的朝圣地之一。一直到二十世纪七十年代，每年农历的六月十九日，传说的观音菩萨成道之日，长安城中的庙宇都要"过会"以示庆贺。在这一时期里，长安城中各街巷中的民间鼓社就组织起来了，先是在各街巷中锣鼓吹打几日，然后再一边敲锣打鼓，一边步行着去南五台进香朝拜。过去，为了让去南五台进香的人得以休息，有些街巷的社头就募些钱财来，在南五台半山路上盖一所小院，称为汤房或舍院。每年过会的时候，各街巷的鼓社和进香的人就会寻自己街巷的汤房里去休息、喝水、吃饭。而住在南五台跟前的人，庙会期间也会自发形成一些免费供水点，称为"舍汤水"。"汤水"既有白开水，也有粗茶水，这种习俗唐时在长安地区不仅庙会时有，就是平时也会有人在路边施舍"汤水"以解行人之渴。段成式《酉阳杂俎》上记："贞元中，望苑驿西有百姓王申，手植榆于路旁成林，构茅屋数椽，夏月常馈浆水于行人"，"浆水"亦即"汤水"。给行人免费提供饮水，这种善举还是长安人的优良传统呢，现在长安城中的大街小巷里，也还有这种"舍汤水"的人存在。

好像王维的性子慢，也不喜欢东跑西跑地交游。在长安城居住的几十年中，因为时不时地还要去上朝，还要应酬皇帝召集的聚会，所以他在长安城中打转转的时候就要多些。春天到了，皇帝要在曲江设宴游乐："万乘亲斋祭，千官喜豫游。奉迎从上苑，祓禊向中流……"（王维《三月三日曲江侍宴应制》）皇帝到曲江春游的名义是"斋祭"。皇帝不想跑路了，就在兴庆宫里摆上宴席也能让群臣乐一下："彩仗连宵合，琼楼拂曙通。年光三月里，宫殿百花中……"（王维《三月

唐代诗人在长安

终南山南五台山景

三日勤政楼侍宴应制》）

　　大宴群臣毕竟是稀罕的事情，平日里要上班，要早朝，王维都是起来得早早的。唐代的早朝，群臣们差不多四点钟就要出门呢。"柳暗百花明，春深五凤城。城乌睥睨晓，宫井辘轳声……"（王维《早朝》）"宫井辘轳声"，这好理解，皇帝要上早朝，太监、宫女肯定要早点起来打水、烧水让皇帝好洗漱呀。那时候长安城又没有汽车和其他机械，大臣们站在朝房里等着上朝，能听见的也就是这打水的辘轳声了。"城乌睥睨晓"就是讲拂晓时乌鸟站在城头叫个不停。"睥睨"读如"必逆"，指宫墙上的小垛口，小墙。什么鸟天没大亮就在城头鸣叫呢？那是一种叫作"五灵子"的黑色鸟儿。"五灵子"是长安人对此鸟的称呼，具体的学名或别名我没查询过，也不知道。现在的长安城中此鸟还很常见，身体比画眉鸟要大些，全身羽毛为黑色，黑爪而黄喙。春秋两季，每天早晨天未亮或晚上刚刚天黑，五灵子鸟便会站在树顶之上、高楼之颠鸣叫。有人喜欢它的叫声，认为婉转动人如画眉。有人厌恶这种声音，认为在黑暗中吱鸣乱叫给人以恐怖的感觉。五灵子在冬天里很少鸣叫，而夏天的中午，人迹活动稀少的时候，它也会躲在茂密的树叶深处独自细声慢吟，似乎在说着什么。我觉得这时候五灵子的声音才是最美的，因为它的声音是那么的低回婉转，如歌如诉。这种声音能让我们在长夏的午睡中更安心地入梦呢。

唐代的王维一定听到过五灵子的叫声，一定见到过五灵子，想王维也一定会认为黑羽毛、金黄喙的五灵子是一种吉祥鸟吧。

前面说过，王维身懒，不喜欢太远的旅游，而总是在长安城里打转转，或去他的终南别业里静修。唐玄宗天宝十五载（756年），安禄山起事并攻陷了长安城，唐玄宗西出长安城跑到蜀中避难去了，而王维没能跟上唐玄宗的逃难队伍，被留在了长安城中。安禄山知道王维的名气，也没有为难他的意思，就把王维先扣押在长安皇城边平康里的菩提寺中，并让王维仍保留他的官职给事中。这件事让某些后人把王维说成"就了伪职"，成了罪名，成了他的污点。王维在菩提寺被扣期间做了一首诗："万户伤心生野烟，百官何日再朝天。秋槐叶落空宫里，凝碧池头奏管弦。"（王维《菩提寺禁裴迪来相看，说逆贼等凝碧池上作音乐、供奉人等举声便一时泪下，私成口号，诵示裴迪》）"安史之乱"平定后，唐肃宗见到了王维的这首诗，认为王维并没有"附逆"，而且反倒是有忠君之心，所以就陆续给王维封了不少官职，直至尚书右丞。

此后不久，王维的妻子去世。这时，他已经在长安之东的辋川里经营了一处别墅。山川秀美，白云松涛，看着这如画的美景，王维萌生了去官隐居的念头。后来，王维也就果真搬进了那如诗如画的辋川之中。而他众多描写辋川景色的田园山水诗，更是给后人留下了不可多得的艺术瑰宝。

"空山不见人，但闻人语响。返景入深林，复照青苔上。"（王维《鹿柴》）

夕阳西下，王维站在村口的银杏树下，望着东南连绵的群山在发呆。山林间似有似无地传来樵夫的砍伐声。当你准备拢耳聆听时，却又是一片寂静。夕阳的光是金色的，银杏树的叶子也是金色的，金色的光照在金色的树叶上，把王维白色的长衫也映成了金色。远山、溪流、田舍、树木与王维融合在了一起，形成了一幅充满了灵性，几乎无法用笔墨表达出的山水画。何以故，因为这画面里有诗人的灵魂蕴含其中，因为，你所看到的这画面是有生命的，再过一千年也不会改变。

后记

　　我用了近一年的时间，把这本《唐代诗人在长安》写完，朋友们大赞神速，其实他们不知，此书在我心中已酝酿有二十年之久。

　　我生在长安，长在长安，童年时耳染目睹的所谓传统文化，全都与长安的人情有关。因此，对于长安地方的文化、地方的人物、地方的文献有着特别的兴趣和敏感。二十世纪九十年代末，读夏承焘先生《天风阁学词日记》时，见到其中夏先生关于研究"唐代诗人长安事迹"的构想，引起了我的注意。接着又读到了夏承焘先生《据〈白氏长庆集〉考唐代长安曲江池》一文，这使得我产生了写一本有关唐代诗人在长安的生活的书的念头，刚开始时拟名为《唐代诗人长安行吟图》。

　　要了解唐代的长安，当然要读一些有关唐代长安的书：宋敏求的《长安志》、徐松的《唐两京城坊考》、日本人足立喜六的《长安史迹考》（杨鍊，译，商务印书馆，1935年），还有近代乡贤张扶万先生的《唐代日人来往长安考》等。诚然，这些著作对于了解唐代长安的历史有很大的帮助，但对于普通读者来说我总觉得会有那么一层隔膜。因为，长安实在是一座文物荟萃、充满灵性之城，而非崇尚神权，泯灭天性之地。因此，了解一个城市的历史文化，应该从了解这座城市的民风民俗、自然风光开始，只有这样，历史和文化才不会虚无缥缈。

于是，我就尝试着用一种传统的叙事方法，一种自然、尔雅的语言文字来讲述唐代诗人在长安的故事。这样或许能给读者带来一种新的阅读体验，这大约也是我写此书的缘故。

此书章节的顺序排列，并没有一定的标准和要求，只是我随读随写的先后次序而已。其中的人物、事件我保证字字都有来历，至于张冠李戴么，那一定会是难免的，还希望读者不要求全责备才好，因为这本书毕竟不是学术论文了。

庚子年初夏
宗鸣安于长安曲江之畔